N O

BASTEI
LÜBBE

Aus der Taschenbuchreihe G. F. UNGER — Neuer Roman — sind nachstehende Romane erhältlich. Fragen Sie im Buch- oder Zeitschriftenhandel nach diesen Titeln:

G.F. UNGER

Westernroman

BASTEI-LÜBBE-TASCHENBUCH
Band 45 167

Erste Auflage:
November 1994

ISBN 3−404−45167−8

Die Stadt, in der alles geschah, hieß natürlich nicht Killer City, was ja soviel wie ›Totschläger-Stadt‹ oder ›Mörder-Stadt‹ bedeutet. Sie hatte in Wirklichkeit einen anderen, völlig unverdächtigen Namen. Aber es ist mit den Städten so wie mit den Menschen. Sie sind unter ihrer Oberfläche oft ganz anders, als es nach außenhin den Anschein hat. Als ich das auf bittere Art herausfinden mußte, da nannte ich die Stadt in meinen Gedanken nur noch Killer City.

Ty Coburne

1

Ich hatte drei Tage nichts gegessen und seit Wochen versucht, einen Job zu bekommen. Doch abgerissene Satteltramps, die noch die graublaue Uniform der besiegten Konföderiertenarmee trugen, hatten in Kansas keine Chance.

Bis Kansas war ich gekommen, und ich war nur einer der vielen abgerissenen und hungrigen Exsoldaten des besiegten Südens.

Weil ich an diesem Tag nicht verhungern wollte und auch nicht daran dachte, ein ewiger Verlierer zu bleiben, beschloß ich, die nächste Postkutsche auszurauben, die auf dem Wagenweg − ganz gleich aus welcher Richtung − vorbeikommen würde.

Ich hielt es für reine Selbsterhaltung, also so etwas wie Notwehr. Dabei hatte ich keine einzige Kugel mehr in meinem Colt. Die hatte ich schon alle längst auf irgendwelches Wild verschossen. Und kaufen konnte ich mir nichts. Ich besaß seit Wochen keinen einzigen Cent mehr.

Ich würde also mit einem leeren Revolver einen Überfall versuchen, und sollte in der Kutsche oder oben auf dem Bock jemand sitzen, der nach der Waffe griff und schoß, dann war ich erledigt.

Ich suchte mir am Wagenweg einen Platz aus, wo ich die Kutsche in guter Deckung schon aus großer Entfernung würde kommen sehen − entweder von Süden oder von Norden her.

Und dann wartete ich mit knurrendem Magen. Manchmal wurde mir schwarz vor Augen.

Selbst in der Gefangenschaft hatte ich nicht so gehungert, obwohl uns die Yankees verdammt wenig zu beißen gaben.

Nach etwa zwei Stunden sah ich von Westen her einen Reiter kommen, der auf einem prächtigen Rappen ritt und selbst auch schwarz gekleidet war. Doch an seinem schwarzen Stetson blinkte ein goldenes Hutband in der Sonne. Als er nahe genug war, konnte ich aus meiner Deckung zwischen Kreidefelsen und Büschen heraus erkennen, daß er zwei Revolver mit hellen Beingriffen trug. Und in seinem Sattelschuh steckte eine Buffalo-Sharps, also ein sehr weit reichendes Gewehr, mit dem man auf mehr als dreihundert Yard noch einen mächtigen Büffelbullen fällen konnte.

Er verschwand auf der anderen Seite des Wagenwegs zwischen den Kreidefelsen und den Büschen und kam nicht wieder zum Vorschein.

Und da begriff ich es: Er wartete wie ich auf die nächste Postkutsche.

O verdammt, ich hatte Konkurrenz bekommen, da war ich sicher. Was war das doch für eine schlechte Welt, ohooo!

Dieser Bursche dort drüben litt gewiß keinen Hunger. Ihm fehlte es wahrscheinlich auch nicht an Geld. Der wollte die Kutsche nicht überfallen, weil er hungrig und am Ende war. Der da, der war wahrscheinlich ein richtiger Bandit.

O verdammt!

Was konnte ich tun? Wahrscheinlich nichts. Ich konnte nicht schießen, weil es mir an Pulver, Blei und Zündhütchen für meinen Perkussionsrevolver fehlte.

Es war das Reb-Army-Modell, welches Griswold & Gunnison von 1861 bis 1865 für die Südarmee baute, Kaliber 44 und mit einen 19 cm langen Lauf.

Aber das Ding war leer. Und so blieb ich wohlweislich in Deckung und wartete ab.

Etwa eine halbe Stunde verging, dann kam die Kutsche von Süden her herangefahren.

Und dann ging alles so schnell, als handelte es sich um ein Theaterstück, welches man für eine Aufführung auf einer Freilichtbühne einstudiert hatte.

Drüben aus den Kreidefelsen und Büschen heraus krachte die schwere Buffalo-Sharps.

Das rechte Führungspferd des Sechsergepanns stürzte. Es gab sofort ein Durcheinander, so als wäre dem Gespann und der Kutsche plötzlich ein Felsen in den Weg geraten. Fast wäre die Kutsche umgestürzt.

Dann aber stand sie schwankend still.

Und eine scharfe Stimme rief: »Seid nur nicht dumm! Diese Sharps schießt euch mitsamt der Kutsche in kleine Stücke!«

Sie waren wirklich nicht dumm.

Der Fahrer und dessen Begleitmann auf dem hohen Bock saßen mit erhobenen Händen steif dort oben.

Auch drinnen in der Kutsche warteten sie ab. Niemand schoß. Denn sie wußten, daß eine Sharpskugel durch die Kutschwände ging wie durch Pappe — und auch noch durch menschliche Körper, wenn diese ihrer Flugbahn im Wege sein sollten.

Nun klang die harte Stimme wieder scharf: »Steigt aus — alle nach meiner Seite! Ich will euch mit erhobenen Händen aussteigen sehen. Oder ich schieße die beiden Clowns auf dem Bock mit einer einzigen Kugel herunter!«

Diese Drohung war gewiß nicht übertrieben. Denn eine Sharpskugel ging leicht auch durch zwei Männerkörper. Es war also möglich, beide Postlinienmänner von der Seite her mit einer einzigen Kugel vom Bock zu schießen.

Es dauerte nur wenige Sekunden, dann hörte ich den Fahrer heiser rufen: »Na los, Leute! Gehorcht ihm! Oder wollt ihr, daß er uns killt?!«

Sie wollten es nicht. Denn sie kamen heraus. Und einer von ihnen trug den Stern eines US Deputy Marshals. Ich sah es, als sie sich hinter der Kutsche mit erhobenen Händen aufstellten. Es waren vier männliche und drei weibliche Fahrgäste. Und – wie schon gesagt – einer trug die Plakette mit dem Stern.

Sie standen dann in einer Reihe.

Einer aber rief plötzlich heiser: »Marshal, Sie müssen mich schützen!«

Doch dann krachte wieder die schwere Sharps. Die Kugel traf den Mann, der zuvor so heiser brüllte, als hätte er jäh die Todesgefahr gewittert, in der er schwebte.

Der Mann überschlug sich fast nach hinten, als hätte ihn der Tritt eines unsichtbaren Büffelbullen getroffen.

Und wenig später sah ich drüben auf der anderen Seite jenen schwarzgekleideten Reiter auf seinem schwarzen Pferd davonreiten.

Eines war mir sofort klar: Der Überfall auf die Kutsche galt nur diesem einen Mann und nicht irgendwelchen wertvollen Dingen, wie zum Beispiel Geldbörsen oder Schmuck der Passagiere.

Dieser eine Mann sollte getötet werden.

Und wer der schwarzgekleidete Killer auch sein mochte, er hatte seinen Auftrag gewiß zur Zufriedenheit seines Auftraggebers ausgeführt.

Was aber sollte ich tun?

Wahrscheinlich wäre es leicht gewesen, nun mein eigenes Vorhaben durchzuführen. Ein paar Dollars würde ich gewiß erbeuten können.

Doch nun verspürte ich die Hemmungen, die

wohl jeder redliche Mensch verspürt haben würde. Ich vermochte es nicht mehr durchzuführen.

Und so verharrte ich weiter in meiner guten Deckung, wartete, bis sie das getötete Pferd ausgeschirrt und den Toten in eine Decke gehüllt und auf das Kutschdach gehoben hatten. Ich hörte auch ihre aufgeregte Unterhaltung und begriff, daß der Tote ein wichtiger Zeuge bei einer Gerichtsverhandlung sein sollte, die am nächsten Tag in der County-Stadt stattfinden würde.

Man hatte durch einen Killer einen wichtigen Zeugen töten lassen, was wahrscheinlich einen Angeklagten vor dem Hängen bewahrte.

Ja, so konnte es wohl sein.

Ich sah dann mit knurrendem Magen der Kutsche nach.

Oha, dachte ich, diese Welt wird doch immer schlechter. Und wann endlich ist meine verdammte Pechsträhne beendet?

Drei Meilen weiter sah ich Rauch über den sanften Hügeln der Kansas-Prärie. Und wo Rauch war, da mußten Menschen sein, bei denen es vielleicht was zu beißen gab. Ich ritt vom Wagenweg über den sanften Hügelkamm und sah dann eine Versammlung hungriger Satteltramps — es mochten zwei Dutzend sein —, die ein Büffelkalb über einem Feuer brieten. Aber es war noch nicht gar, und so hockten sie in der Runde um die zu erwartende Nahrung wie die Geier um ein sterbendes Tier.

Sie alle waren arme Teufel wie ich. Bald würden sie die ersten Fleischstücke halb roh noch verzehren. — Auch ich spürte wieder den Hunger, der so grausam war.

Wir alle waren Strandgut des Krieges, hungrige Tramps, Verlierer. Denn wir hatten auf der falschen Seite gekämpft.

Ich ritt hinunter. Sie starrten mich an und erkannten, daß ich einer von ihnen war. Einer sagte: »Bald kannst du dir den Bauch füllen, Kamerad. Es dauert nicht mehr lange, dann beginnt das große Fressen.« Und so war es auch.

Wir fraßen das halbgare Büffelfleisch wie halbverhungerte Indianer nach einem langen Winter. Und dann konnten wir nicht mehr in die Sättel, weil sich unsere Mägen zu sehr spannten, so daß wir uns nur vorgebeugt und gekrümmt bewegten. Wir mußten erst verdauen. Und so lagen wir umher und dösten. Nur wenige von uns unterhielten sich. Aber auch das waren keine Unterhaltungen. Sie fluchten alle auf diese beschissene Welt.

Und der Süden, für den wir gekämpft hatten, lag besiegt am Boden. Er konnte uns nicht helfen.

Ich hörte, wie sie später dann über die Chancen im Norden und im Nordwesten redeten. In Colorado fand man Gold, auch weiter im Norden in Montana.

Viele wollten hin zu den Goldfundgebieten. Andere wollten sich als Büffeljäger oder Abhäuter versuchen. Doch allen fehlte die Ausrüstung.

Ich dachte immer wieder an die Kutsche, die einen wichtigen Zeugen zur Countystadt bringen sollte. Diese Countystadt konnte nicht mehr weit sein.

Und so machte ich mich nach einiger Zeit auf den Weg.

Die anderen Satteltramps blieben noch. Sie hatten das Büffelkalb ja noch nicht ganz aufgegessen.

Ich ritt als erster von allen fort aus dem Camp.

Als es zwei Stunden später Nacht wurde, erblickte ich in der Ferne die Lichter einer Stadt. Es mußte die Countystadt sein.

Nach drei Meilen erreichte ich das Ortsschild. Im Mond- und Sternenschein konnte ich lesen: Bannister City. Ich ritt zwischen den ersten Häusern hinein. Hunger hatte ich noch nicht wieder. Aber sonst fehlte mir alles.

Vor einem großen Saloon, zu dem auch eine Tanzhalle gehörte, stellte ich mein Pferd zu den anderen Tieren an den langen Haltebalken, saß ab und sah mich witternd um. Auf den Gehsteigen bewegten sich Fußgänger. Drinnen in der Tanzhalle klang Musik. Ich hörte das Lachen von Frauenstimmen und dachte bitter: Wenn ich ein paar Dollars hätte . . .

Ich bückte mich unter dem Haltebalken hindurch zum Plankengehsteig hinauf, und als ich mich aufrichtete, trat ein Mann zu mir, der einen Messingstern trug.

»Diese Stadt ist für Satteltramps gesperrt«, sagte er zu mir. »Hau wieder ab, verdammter Rebell. Jetzt auf der Stelle!«

Ja, so war das nun mal.

Wir Südstaatler und ehemaligen Soldaten der Konföderation waren in Kansas mehr als nur unbeliebt. Wir wurden gehaßt und durften uns hier nicht mal als Siedler niederlassen, selbst wenn wir die Mittel dafür gehabt hätten. Ich hätte dem Deputy gerne was aufs Maul gegeben. Denn ich fühlte mich jetzt wieder einigermaßen kräftig dazu.

Aber ich hörte mich sagen: »Yes, Sir, ich verschwinde wieder. Vergeben Sie mir, daß ich mir Hoffnungen machte auf irgendeine Chance in dieser Stadt.«

»Hau ab, Rebell«, sprach er noch mal. »Ihr habt zwei meiner Brüder getötet im Krieg. Und eure Guerillas zündeten unsere Farm an. Ihr alle sollt verrekken. Hau ab! Ich kann dir auch dein Pferd wegnehmen, weil es wahrscheinlich gestohlen ist.«

Es war eine letzte Drohung. Er haßte Exsoldaten der Rebellenarmee. Und ich trug noch die abgerissene Uniform des Südens. Er konnte es im Lichtschein gut erkennen.

Und so machte ich auf dem Absatz kehrt, saß wieder auf und ritt davon.

Doch jetzt war ich so wütend wie ein echter Toro, in den man schon einige dieser pfeilähnlichen kurzen Lanzen gesteckt hatte, was von den Picadores gemacht wurde, bevor dann der Torero mit seiner großen Schau begann.

Jetzt wollte ich die Unfreundlichkeiten dieser Welt voll zurückzahlen.

Und so ritt ich zwar aus der Stadt, stellte aber außerhalb mein Pferd ab und ging wieder hinein — nur nicht auf der Hauptstraße. Ich strich durch die Gassen wie ein Schatten und erreichte irgendwann den Hof des großen Saloons.

Es gab hier drei kleine Häuschen über Abortgruben.

Zwei von ihnen waren besetzt. Eigentlich wollte ich an ihnen vorbei zur Hintertür des Saloons. Aber dann hörte ich die Unterhaltung der beiden Insassen und hielt inne auf meinem Weg.

Sie waren jetzt offenbar fertig mit ihren menschlichen Verrichtungen und verließen fast gleichzeitig ihren jeweiligen Thron, traten also ins Freie, indes sie noch ihre Hemden in die Hosen stopften.

Einer sagte: »Verdammt, jetzt fühle ich mich zehn Kilo leichter.«

Der andere Mann aber lachte und erwiderte: »Auch den Fettsack, der an der Bar mit seinen verdammten Würfeln alle Dummköpfe betrügt und dabei salbungsvoll predigt und die Sprüche irgendwelcher Schöngeister zitiert, den werden wir auch erleichtern. Der geht stets zwei Stunden nach Mitternacht zu seiner fast ebenso dicken Wirtin, bei der er sich eingemietet hat. Er muß durch eine enge Gasse. Dort warten wir auf ihn. Ich wette, daß er allein schon in seinem Geldgürtel, den er auf dem bloßen Leib trägt, mehr als zehntausend Dollar in großen Scheinen gesammelt hat. Und in seinen Taschen ist gewiß der Gewinn dieser Nacht. Er gewinnt immer. Ich beobachtete ihn die letzten drei Tage. Er ist ein Zauberkünstler, der die Würfel stets mit einem Trick vertauscht. Den machen wir arm.«

Sie gingen davon und verschwanden durch die Hintertür wieder im Saloon.

Ich verharrte hinter einem der Häuschen und wußte, daß dies jetzt meine große Chance war.

Heiliger Rauch, ich hatte eine Postkutsche anhalten und deren Fahrgäste ausrauben wollen. Eine Laune des Schicksals hatte mich davor bewahrt.

Dann war ich hier an einen harten Deputy Marshal geraten, der uns Südstaatler haßte.

Ich war zurückgekommen in diese Stadt, um jemanden auszurauben wie ein verdammter Straßenräuber.

Und jetzt hatte ich die große Chance bekommen, zwei Banditen deren Beute abzujagen, die sie bei einem Falschspieler machen würden.

Ich hielt meine Absicht nicht für sehr verwerflich.

2

Ich wartete geduldig in einem Winkel. Zweimal sah ich den unfreundlichen Nachtmarshal seine Runde drehen. Aber er entdeckte mich nicht in meinem verborgenen Winkel. Die Zeit verstrich langsam. Ich verspürte meine wachsende Ungeduld. Zweifel kamen in mir hoch.

Konnte es sein, daß die ganze Sache doch nicht so klappen würde, wie es sich die beiden Strolche und auch ich — wenn auch getrennt — vorstellten und wünschten?

Verdammt, wann endlich war es zwei Stunden nach Mitternacht? Wann würde der dicke Zauberkünstler, der so geschickt die Würfel austauschen konnte, sein Abzocken beenden und heimgehen zu seiner dicken Wirtin?

Dann endlich war es soweit.

Es war sehr viel ruhiger geworden in der County-Stadt Bannister City. Nur vor dem Saloon standen noch einige Pferde und auch zwei Wagen. Drinnen in der Tanzhalle war die Musik verklungen.

Bald würden nur noch wenige Lichter in der Stadt ein wenig Helligkeit aus den Fenstern werfen.

Und dann sah ich einen dicken Mann aus dem Saloon kommen. Er hielt einen Moment auf dem zur Veranda ausgebauten Plankengehsteig an und sog offenbar mehrmals die frische Nachtluft tief ein. Dann machte er sich auf den Weg. Er überquerte schräg die Fahrbahn der Main Street und steuerte auf eine Gassenmündung zu, in der er verschwand. Offenbar führte diese Gasse zu einer Nebenstraße der Main Street, in der sich die Pension befand, wo er Quartier genommen hatte.

Auch ich machte mich auf den Weg und erreichte nur wenig später als er die Gassenmündung.

Nun kam es auf mein Glück an.

Denn wenn jetzt der Nachtmarshal auftauchte — oder wenn die beiden Strolche die Gasse durch deren anderes Ende verließen, dann würde es nicht so klappen, wie ich es mir vorstellte.

Ich begann wie ein Betrunkener ein ziemlich anstößiges Lied zu singen, welches in vielen Strophen all die Liebesabenteuer der dicken Molly Malone schilderte, die es mit allen trieb, die ihr über den Weg liefen.

Gewiß, es war ein böses, primitives und recht dummes Lied. Aber ich mußte ja einen sinnlos Betrunkenen spielen, der sich kaum noch auf den Beinen halten konnte und dennoch stur einem Ziel zusteuerte, wobei er eine gewisse Geschwindigkeit beibehalten mußte, um nicht so sehr zu torkeln.

Sie kamen mir beide schon entgegen, hatten also bereits den fetten Falschspieler ausgeraubt.

Sie wollten mich in der engen Gasse zwischen sich hindurchlassen. Einer sagte gönnerhaft: »He, paß auf, da liegt dir eine Schnapsleiche im Wege.«

Vielleicht hätte auch der andere Kerl etwas gesagt, aber dazu kam es nicht mehr. Denn ich streckte rechts und links meine langen Arme aus, bekam mit beiden Händen ihre Köpfe in Höhe ihrer Ohren zu fassen und knallte sie zusammen — einmal, zweimal und noch einmal.

Und da sanken sie mir wortlos vor meine Füße.

Ich nahm ihnen ab, was sie dem fetten Falschspieler abgenommen hatten, und machte mich davon. Ja, ich mußte über den Fettsack hinwegsteigen. Sie hatten ihn offenbar mit einem Knüppel zusammengeschlagen. Er lebte noch und würde irgendwann erwachen, so wie auch die beiden Kerle, die ich kleinmachte.

In mir war kein Schuldgefühl. In mir war Triumph. Denn ich fühlte mich wie eine Art menschlicher Fregattvogel. Ich hatte mal gelesen, daß die Fregattvögel die besten Flieger unter allen tropischen Seevögeln wären und davon lebten, anderen Vögeln deren Beute abzujagen – also zumeist gefangene Fische oder andere Meerestiere.

Ja, so wie ein Fregattvogel fühlte ich mich. Ich hatte zwei Banditen die Beute abgenommen, die sie bei einem Falschspieler gemacht hatten.

Es war fast so etwas wie ein Glücksgefühl in mir. Konnte es sein, daß meine verdammte Pechsträhne nun zu Ende war? Nun, ich würde es bald herausfinden, da war ich sicher.

Ich ging dorthin, wo ich mein Pferd außerhalb der Stadt zwischen zwei Schuppen und einem alten Wagen angebunden hatte.

In einem der Schuppen lag noch etwas Heu. Dort legte ich mich nieder, um ein paar Stunden noch zu schlafen.

Es war später Morgen oder früher Vormittag, als ich mich auf den Weg in die Stadt machte. Ich wußte, daß ich den Nachtmarshal nicht treffen würde. Denn der schlief jetzt gewiß und hatte dem Tagmarshal die Obhut der Stadt überlassen.

Ich hatte inzwischen meine Beute gezählt und war dabei wahrhaftig erschrocken. Es war für mich und jetzt in dieser Zeit nach dem Krieg eine gewaltige Summe Geld. Und es war sozusagen eine Schnaps-zahl, wie man so sagte. Denn ich zählte genau sie-bentausendsiebenhundertsiebenundsiebzig Dollar.

Dafür hätte jetzt in dieser Zeit ein guter Cowboy
— falls er überhaupt Arbeit besaß — dreißig Jahre
arbeiten müssen.

Es war also eine mächtig große Beute.

Als ich in die Stadt ritt, da hatte ich nur sieben-
undsiebzig Dollar in der Tasche. Denn so dumm
wäre wohl selbst ein Dummkopf nicht gewesen, daß
er mit der ganzen Beute in die Stadt geritten wäre.

Denn zumindest der fette Falschspieler würde
inzwischen zum Marshal gelaufen sein und Anzeige
erstattet haben.

Ich hatte meine Beute bis auf die siebenundsieb-
zig Dollar vergraben.

Und so hielt ich bald vor dem Barbierladen, zu
dem auch eine Badeanstalt gehörte. Wenig später
saß ich in einem Badefaß und wusch mich mit Flie-
derseife. Der Barbier schnitt mir dann die Haare.
Und aus dem Store hatte man eine Auswahl von
Hemden, Hosen, Unterzeug und auch Stiefel
gebracht. Nur meinen Hut behielt ich, denn der war
noch ganz gut. Und überdies war ich stolz auf meinen Rebellenhut. Es war ein goldenes Kordelband
an der Hutkrone. Denn ich war Lieutenant gewesen
in der Texasbrigade.

Als ich auf die Straße trat und mich umsah, da
fühlte ich mich verdammt gut, ganz und gar nicht
mehr wie ein hungriger und abgerissener Satteltramp. So schnell ging das also manchmal im Leben,
wenn es das Schicksal so wollte.

Ich wollte schräg über die Fahrbahn hinüber zu
einem Restaurant, als ein Mann zu mir trat, den ich
wiedererkannte. Es handelte sich um den Nachtmarshal, der mich gestern aus der Stadt jagte. Nun
war es ja schon Mittag geworden. Er hatte ausge-
schlafen und wollte sicherlich zum Mittagessen.

»He«, sagte er grob, »Sie tragen einen verdammten Rebellenhut und kommen mir bekannt vor. Aber Ihre Kleidung ist nagelneu. Geben Sie mir Ihren Colt. Mit dem Kolben zuerst. Vorwärts!«

Ein zweiter Mann kam hinzu, der ebenfalls einen Stern trug, also wahrscheinlich der Tagmarshal war.

»Ist was, Butsh?« So fragte er.

Jener Butsh grinste böse. »Fat-Cat wurde in der vergangenen Nacht auf seinem Heimweg in einer Gasse ausgeraubt«, erwiderte er. »Und dieser Fremde mit dem Rebellenhut hat sich neu eingekleidet. Jetzt will ich sehen was er in den Taschen hat.«

»Drei Dollar und zwanzig Cent«, erwiderte ich und fragte freundlich: »Ist es verdächtig oder gar verboten, wenn ein Texaner sich hier in dieser fairen Stadt neu einkleidet und zum Mittagessen gehen will?«

Sie starrten mich böse an. Auch der andere Deputy mochte offensichtlich keine Texaner.

Dann aber durchsuchten sie mich und fanden tatsächlich nur drei Dollar und zwanzig Cent.

»Ich möchte nur wissen, warum er mir so bekannt vorkommt«, knirschte der Nacht-Marshal dann enttäuscht. »Aber vielleicht bekomme ich das noch heraus. Wo sind Ihre alten Kleider?«

Nun grinste ich wieder freundlich.

»Die hat der Junge in der Badeanstalt gleich verbrannt — wegen der Flöhe und auch Läuse. Sonst noch etwas?«

Ich war sicher, daß er mich nicht wiedererkennen konnte.

Gestern in der ersten Nachthälfte trug ich noch einen Vollbart und lange Haare, die mir fast bis zu den Schultern hingen. Ich war abgerissen, staubig und dreckig.

Nun bot ich ein anderes Bild.

Sie sahen ein, daß sie mir nichts anhaben konnten.

»Hau ab, Rebell«, knurrte jener Butsh.

»Sicher«, erwiderte ich. »Sobald ich was gegessen habe, verschwinde ich aus dieser fairen Stadt. Kann ich meinen Revolver zurückhaben? Er ist ohnehin nicht geladen.«

»Und das bleibt er auch«, knurrte jener Butsh wieder und warf ihn mir zu.

Als sie nun beide sahen, daß ich die Waffe so schnell nicht auffangen konnte, so daß sie in den Staub fiel, da legte sich ihr Mißtrauen ein wenig.

Ich bückte mich, blies den Staub von der Waffe und schob sie ins Holster zurück.

Als ich davonging, um zu meinem Mittagessen zu kommen, da grinste ich zufrieden. Sie konnten es nicht sehen, denn ich wandte ihnen ja meinen Rücken zu.

Diese Pfeifen wollten sehen wie ich den Revolver auffing. Das hätte ihnen eine Menge verraten. Aber ich stellte mich ungeschickt an. Binnen eines Sekundenbruchteils entschloß ich mich dazu.

Dies war eine unfreundliche Stadt für Texaner.

Aber es gab gewiß auch freundlichere Städte. Ich mußte sicherlich nur weit genug reiten.

Nach dem Essen würde ich mir Munition kaufen und dann meine große Beute aus dem Versteck vor der Stadt wieder ausgraben.

Und dann würde ich ja erleben, was das Schicksal mit mir vorhatte.

Ich war für alles bereit.

In den nächsten Tagen nahm ich mir viel Zeit, war aber ständig unterwegs in Richtung Colorado, also nach Westen. Ich ritt manchmal nur zehn Meilen, dann wieder doppelt soviel. In einigen kleinen Orten und auch bei einem Frachtwagenzug, der ein fahrender Store war, vervollständigte ich meine Ausrüstung, kaufte mir einen besseren Sattel und ein Gewehr mit genügend Munition. Ich übernachtete in kleinen Orten oder auch bei den Pferdewechselstationen der Post- und Frachtlinie.

Und irgendwann kam ich nach Smoky Hill.

Überall unterwegs traf ich auf Büffeljägermannschaften, die diese friedlichen Tiere zu Tausenden töteten. Besonders die Abhäuter waren mir widerlich. Denn ihre Kleidung war blutgetränkt, und sie stanken zehn Meilen gegen den Wind.

Wagenzüge voller Büffelhäute zogen nach Kansas City. Zu Zehntausenden wurden sie dort zumeist auf die Dampfboote verladen. Überall lagen die Kadaver der Tiere. Wölfe, Coyoten und andere Aasfresser mästeten sich daran und ließen nur die Gerippe zurück

Die Indianer waren weiter nach Norden gedrängt worden.

Es herrschte auch in Richtung Westen — also nach Colorado — reger Verkehr auf dem Wagenweg. Denn in Colorado rings um den Pikes Peak wurde Gold gefunden. Die Stadt Denver entstand, benannt nach einem General.

Nun, ich erreichte also die kleine Stadt Smoky Hill. Sie lag schon fast in Colorado, zumindest dicht an der Grenze. Man konnte von Smoky Hill die Vorberge der mächtigen Rockies in der Ferne erkennen.

Als ich in die kleine Stadt ritt, da sah ich Leslie Willard.

Sie war noch schöner geworden, und ich erinnerte mich sofort wieder daran, welches Feuer in ihr gewesen war, als wir damals — es war schon fast drei Jahre her — in Vicksburg, dem Gibraltar der Konföderation, einige Nächte zusammen im Bett gelegen und uns gegenseitig das Paradies bereitet hatten.

Nun sah ich sie hier.

Sie stand am Friedhof an einem Grab, indes ich auf dem Wagenweg vorüberritt — oder besser gesagt, vorüberreiten wollte.

Denn als ich sie auf eine Entfernung von etwa fünfzig Schritt hinweg zu erkennen glaubte, da hielt ich an.

Ja, sie war es. Es gab keinen Irrtum. Eine solch schöne Frau gab es nicht zweimal auf dieser Erde. Alle anderen schönen Frauen sahen anders aus, nicht so.

Auch sie sah zu mir her.

Sie trug Trauerkleidung. Wen mochte sie da wohl betrauern? Wer lag in diesem Grab?

Ich lenkte mein Pferd von der Straße zum Friedhofszaun, saß ab und ging hinein. Sie stand immer noch am Grab und sah mir entgegen.

Groß, blond, schwarzäugig und wunderschön, so sah sie mir entgegen.

»Du hast den verdammten Krieg also überlebt«, sprach sie und lächelte ernst.

»Und ich habe dich nicht vergessen«, erwiderte ich. »Der verdammte Krieg riß uns nach wenigen Tagen auseinander. Wie geht es dir?«

Es waren wohl ziemlich banale Worte, die ich da von mir gab. Aber ich war noch ziemlich durcheinander. Unerwartet war ich hier auf Leslie Willard gestoßen.

»Schlecht«, erwiderte sie auf meine letzte Frage.

»Mir geht es verdammt schlecht. Denn vor knapp einer Woche erschossen sie meinen Mann.«

Ich warf einen Blick auf den Grabstein. Dort konnte ich lesen: John Carrington, und wenn es ihr Mann gewesen war, dann hieß sie nicht mehr Willard, sondern Carrington. Und sie war noch schöner geworden, weiblicher. Sie war jetzt eine schöne Frau, der nichts mehr fremd war.

»Tut mir leid«, murmelte ich. »War er ein guter Mann für dich?«

Sie nickte.

»Er war groß, stark und gab mir Schutz und Sicherheit. Ja, er war gut zu mir. Ich verdanke ihm viel.«

Ich nickte langsam, und ich dachte dabei tief in meinem Kern: Sie hat mich also vergessen können.

Da sagte sie herbe: »Man sagte mir damals, daß du gefallen wärest. Ich sah auch die Liste. Da war ein Lieutenant Coburne . . .«

»Das war mein Vetter«, unterbrach ich sie. »Aber er hieß nicht Tyrone, sondern Tim Coburne. Damals wurde ich nur verwundet und lag lange in einem Schiffslazarett, welches bis nach New Orleans hinunterfuhr. Das Schicksal hat sich mit uns wohl einen bösen Spaß gemacht.«

Sie nickte.

Dann sprach sie: »Komm mit, Ty, komm mit. Es ist nicht weit. Mir gehört nun die Post- und Frachtlinie für das weite Umland, welche mein Mann aufbaute. Das hat einigen Leuten nicht gefallen. Wir sollten verkaufen. Das wollten wir nicht. John war ein stolzer und furchtloser Bursche, einer von deiner Sorte, nur etwas älter. Ein Killer hat ihn getötet — ein fremder, unbekannter Killer, der ihm keine Chance ließ. Ich sah es aus dem Fenster. Er ging über den

Hof zu den Stallungen. Und da kam ein Reiter und schoß sofort.«

Sie verstummte hart.

Erst nach einigen Atemzügen fügte sie hinzu: »Nun wollen sie mich zum Verkauf zwingen.«

Wir schritten nun nebeneinander auf den Eingang der Stadt zu. Ich führte mein Pferd an den langen Zügeln.

Und mir fiel wieder ein, was damals geschah, als ich die Postkutsche anhalten wollte. Auch da war ein Killer aufgetaucht und hatte einen Mann erschossen, der ein wichtiger Zeuge gewesen war und bei einer Gerichtsverhandlung aussagen sollte.

Was war los in diesem Land?

Gab es hier irgendwelche Zusammenhänge. Oder war es reiner Zufall, daß zwei Männer aus verschiedenen Gründen von einem Killer getötet wurden?

Leslie schritt leicht und geschmeidig neben mir durch den Staub des Wagenweges. Gleich bei den ersten Häusern rechts war die Einfahrt zum Wagenhof der Carrington Post- und Frachtlinie. In den Corrals bewegten sich Tiere. Es gab Stallungen, Magazine, Werkstätten, zum Beispiel eine Schmiede, auch Unterkünfte.

Dieser John Carrington hatte hier etwas aufgebaut, gute Arbeit geleistet. Alles war neu und gut geplant. Hier hatte ein Mann auf die Zukunft dieses Landes gesetzt und eine Menge investiert an Arbeit und Geld.

Jetzt war er tot, und Leslie — die schöne Leslie aus Vicksburg, mit der ich herrliche Nächte verbrachte, war seine Witwe und Erbin.

Sie besaß eine Post- und Frachtlinie, zu der gewiß eine Konzession gehörte, welche dazu berechtigte, sämtliche Orte rechts und links der Hauptlinie mit

Post und Waren jeder Art zu versorgen und auch Passagiere zu befördern.

Dieser John Carrington war gewiß kein Südstaatler gewesen, der in der Rebellenarmee des Südens diente. Er mußte ein Yankee gewesen sein, denn sonst würde er hier in Kansas eine Konzession nie bekommen haben.

Nun, der Krieg war vorbei, aber daß Leslie einen Yankee geheiratet hatte, dies ärgerte und störte mich dennoch.

Aber man erlebt ja im Verlauf des Lebens immer wieder Enttäuschungen. Das gehört nun mal zum Leben auf dieser Erde. Vielleicht ist das im Himmel – so es einen gibt – anders.

Wir schritten also in den Hof hinein.

Aus der Schmiede klangen die klingenden Hammerschläge. Der Schmied gab mit dem Handhammer dem Zuschläger so nicht nur klingend den Takt an, sondern zeigte ihm auch, wohin er zu schlagen hatte.

Wahrscheinlich schmiedeten sie aus einem Stück Stahl eine Radachse.

Vor dem Wohnhaus stand ein zweirädriger Wagen mit einem Lederdach. Ein dicker Mann saß auf dem Ledersitz. Er rauchte eine Zigarre und hatte eine Melone auf dem runden Schädel. Ein sichelförmiger Schnurrbart hing über seine Mundwinkel. Er trug eine Nickelbrille auf der dicken Nase und hatte eine dicke goldene Uhrkette über dem Bauch hängen.

Als wir nahe genug waren, stieg er aus dem schwankenden Buggy und lüftete vor Leslie den Hut.

»Da bin ich wieder, Ma'am«, sagte er und grinste. »Ich hatte Ihnen ja versprochen, daß ich nach einer Woche wiederkommen würde. Ich sah, daß Sie am

Grab waren. Sicherlich hielten Sie nochmals Zwiesprache mit dem so plötzlich verstorbenen Gatten. Was hat Ihnen Ihr lieber Verstorbener wohl geraten? Werden Sie an meine Klienten verkaufen, Mrs. Carrington?«

»Nein«, erwiderte Leslie neben mir scharf, fast fauchend, jedenfalls böse. »Scheren Sie sich zum Teufel, Mister McClusky! Verlassen Sie dieses Grundstück, und kommen Sie nie wieder her.«

Der dicke Mann, der so breit und freundlich grinsen konnte und dessen Augen hinter der Nickelbrille dabei so kalt wie die eines Wildebers blickten, schüttelte bedauernd den runden Kopf. Er hielt seine Melone noch immer in der Hand.

Dann sah er auf mich.

»Setzt die Lady nun all ihre Chips auf Sie, Mister?« fragte er fast sanft.

Aber ich gab ihm auf seine Frage keine Antwort, sondern erwiderte nur: »Sie sollten wirklich abhauen, Mister.«

Er starrte mich an, und was er in meinen Augen erkannte und sein Instinkt ihm sagte, machte ihn sehr vorsichtig.

Er nickte und erwiderte: »Sicher, der Wunsch einer so schönen Lady ist mir Befehl. Ich verschwinde. Viel Glück, Mrs. Carrington.«

Er kletterte schnaufend in seinen Buggy, nahm die Zügel, löste die Bremse und fuhr aus dem Hof auf die Straße. Leslie hatte sich mir zugewandt und sah zu mir hoch.

In der Runde des weiten Hofes waren einige Leute aufgetaucht, die nun zu uns hersahen. Es waren Helfer der Post- und Frachtlinie, Handwerker, Fahrer, Pferde- und Maultierpfleger, mehr als ein halbes Dutzend.

Sie alle beobachteten uns. Und gewiß wußten sie, warum der Dicke gekommen war. Nun beobachteten sie uns, so als ahnten sie, daß ich vielleicht hier nun eine wichtige Rolle spielen würde.

Leslie sah also zu mir hoch.

Sie war für eine Frau mittelgroß, etwa einsfünfundsechzig. Ich aber maß einhundertfünfundachtzig. Sie mußte also zu mir aufsehen.

Und sie stellte nur eine einzige Frage: »Hilfst du mir, Tyrone Coburne?«

In ihren schwarzen Augen, die zu ihren weizenblonden Haaren einen wunderschönen Kontrast bildeten, weil er einmalig war, erkannte ich das Funkeln einer Kämpferin. Aber es war kein Sichanbieten zu erkennen, kein Versprechen, daß sie meine Hilfe und meinen Beistand mit sich selbst belohnen würde.

Sie hatte nur einfach gefragt, ob ich ihr helfen würde. Ich erkannte also kein Angebot in ihren Augen, nur das Funkeln und Glitzern einer Kämpferin.

Und so murmelte ich: »Das Schicksal hat uns wohl wieder zusammengeführt, Leslie, weil die Karten für uns schon von Anfang an so gemischt waren. Ja, ich will dir helfen, so gut ich kann.«

»Und ich muß dir nichts dafür versprechen?«

Sie fragte es herb und spröde.

»Du hast deinen Mann geliebt?« fragte ich zurück.

»Nachdem ich dich vergessen konnte, wurde er alles für mich. Ja, ich liebte ihn, und ich werde eine lange Zeit brauchen, um mich wieder frei zu fühlen. Ty, ich werde nicht mit dir ins Bett gehen – mit keinem. Denn John ist noch so stark in meinem Herzen. Ich leide noch. Aber ich will kämpfen. Er wollte nicht verkaufen und mußte sterben. Nun will ich herausfinden, ob diese Killer auch eine Frau erschießen werden. Nur du könntest mich schützen.«

Damit hatte sie alles gesagt.

3

Eine Woche lang verging ohne besondere Vorkommnisse. Lesie arbeitete mich ein in die Geschäftsführung einer Post- und Frachtlinie. Unsere Magazine waren ein Waren- und Frachtenumschlagplatz. Unsere Frachtwagen waren ständig unterwegs zu den abgelegensten Orten. Und unsere drei Postkutschen fuhren alle drei Tage in drei verschiedene Richtungen, also nach Süden, Westen und Norden. Der Hauptwagenweg ging nach Santa Fe. Wir bildeten nach Westen die Abzweigung nach Denver.

Ich lernte alle Leute kennen. Es waren insgesamt vierzehn Mann, aber die Hälfte davon war ständig tagelang unterwegs.

Nun, so verging also eine Woche. Ich lernte schnell. Doch das hatte ich ja schon bei der Armee bewiesen. Sonst hätte man mich nicht aus dem Mannschaftsstand zum Offizier befördert.

Ich schlief nicht im Wohnhaus, sondern hatte eine kleine Kammer im Bunkhouse der Mannschaft. Dies sprach sich auch in der kleinen Stadt Smoky Hill herum. Und so wurde Leslie weiterhin als treue Witwe geachtet, die das Trauerjahr einhielt, so wie es sich nach der Meinung der Menschen gehörte.

Mir machte die Arbeit Spaß und bereitete mir jeden Tag Genugtuung. Ich war ein Satteltramp gewesen. Nun hatte ich eine Aufgabe. Gewiß, ich hätte es nicht nötig gehabt für Leslie zu arbeiten. Ich hätte mit meinem Geld selbst etwas anfangen können — zum Beispiel eine Pferderanch gründen. Denn von Pferden verstand ich eine Menge und traute mir zu, eine gute Zucht zu schaffen.

Doch das konnte noch warten.

Manchmal ging ich am Abend in den Saloon, trank etwas, spielte auch und lernte die Menschen kennen. Ich spürte ihre Achtung und Anerkennung, denn es sprach sich herum, daß ich meinen Job recht machte und nicht etwa ein Witwentröster war.

Dann aber — nach etwa acht Tagen — begann der erste Ärger.

Unsere Postkutschen wurden beschossen. Man tötete stets die Führungspferde aus großer Entfernung, wahrscheinlich mit einer Buffalo-Sharps.

Unsere Fahrer wurden immer nervöser.

Und eines Tages schoß man den ersten unserer Männer vom Bock.

Auch einzelne Frachtwagen, die nach abgelegenen Orten fuhren, wurden beschossen.

Ich wußte, dieser Druck würde von Woche zu Woche zunehmen.

Es dauerte jetzt gewiß nicht mehr sehr lange, dann liefen uns die ersten Fahrer weg.

Ich ging an einem Abend zu Leslie ins Office und setzte mich ihr gegenüber an den Schreibtisch. Im Lampenlicht sahen wir uns an.

»Es wird noch schlimmer kommen«, sprach sie. »Man will die Carrington Post- und Frachtlinie ruinieren. Die Leute sollen mir weglaufen. Ich soll zum Verkauf weit unter Wert gezwungen werden. Ty, kannst du mir überhaupt helfen? Du wärest allein gegen eine Macht, die wir nicht kennen.«

»Wir kennen diesen McClusky«, erwiderte ich. »Wo finde ich ihn?«

Sie zuckte mit den Achseln.

»Der reist überall im Land umher und kauft oder ersteigert als Makler für irgendwelche Klienten Objekte. Es muß eine Strategie dahinterstecken. Irgendwelche mächtigen Leute im Hintergrund erobern auf ihre Art und Weise alles, was sie bekommen können, und schaffen sich ein Königreich oder eine Art Imperium. Ich weiß das von John. Der vermutete das schon, als sie ihn unter Druck setzten. Überall auf zweihundert Meilen in der Runde finden ähnliche Vorkommnisse statt. Und überall taucht dieser McClusky auf. John hatte sich erkundigt.«

Sie verstummte bitter.

»Ich werde wohl doch aufgeben müssen«, murmelte sie.

Aber ich schüttelte den Kopf.

»Ich werde diesen McClusky suchen«, sagte ich. »Irgendwohin muß doch die Post an ihn gehen. Ein Mann wie er muß mit einer Bank zusammenarbeiten und auch eine Postanschrift haben.«

»Die habe ich«, erwiderte sie und suchte unter den Papieren auf dem Schreibtisch, bis sie einen Zettel fand.

Dann las sie vor: »Earl McClusky, An- und Verkauf von Immobilien, Landbesitz und Effekten jeder Art, Ihr ehrlicher Makler auch für Kredite. Amity City, Colorado.«

Sie verstummte hart.

»Ich werde ihn finden«, erwiderte ich. »Und ich reite jetzt gleich los.«

Sie erhob sich und kam zu mir. Auch ich hatte mich erhoben.

Als wir nun voreinander standen, da spürte ich,

daß auch sie sich jetzt wieder an unsere wenigen Nächte damals in Vicksburg erinnerte. Die Stadt am Mississippi war damals schon belagert worden. Und ich hatte dann mit meinen Leuten in den Kampf gemußt.

Auch für sie war die Zukunft sehr ungewiß gewesen.

Wir hatten uns mit vielen Zärtlichkeiten beschenkt.

Jetzt erinnerten wir uns wieder daran.

»Ich kann das nicht von dir verlangen«, murmelte sie. »Denn ich kann dir nichts dafür geben – noch nicht – und vielleicht noch sehr, sehr lange nicht, Tyrone Coburne. Ich kann dich nicht ausnutzen. Denn du könntest dein Leben verlieren.«

Aber ich grinste nur auf sie nieder und strich mit dem Zeigefinger an der Rundung ihrer Wangen nieder bis zu ihrem Kinn.

»Irgendwann«, murmelte ich, »wirst du wieder frei und bereit sein für mich.«

Dann machte ich auf dem Absatz kehrt und ging hinaus.

Ich würde diesen dicken McClusky finden, denn ich kannte ja seine Geschäftsanschrift.

Amity City in Colorado.

Es war eigentlich ein hübscher Name, denn er bedeutete ja soviel wie Freundschaft. Ich war neugierig auf diese Stadt der Freundschaft.

Eine halbe Stunde später war ich unterwegs auf dem Wagenweg nach Colorado.

Es war noch nicht Mitternacht – Mond und Sterne strahlten –, da hörte ich vor mir Schüsse. Ich war etwa zwanzig Meilen geritten. Gestern mittag war einer unserer Frachtwagen aufgebrochen. Er mußte sich jetzt in dieser Gegend befinden.

Die Schüsse waren hier meilenweit zu hören. Es war eine schwere Sharps, welche die sonst so stille Nacht mit ihrem Krachen erfüllte.

Aber ich mußte noch etwa zwei Meilen durch den weiten Canyon reiten, bis ich das Feuer sah.

Es war ein Frachtwagen, der da brannte, einer unserer schweren Murphy-Schoner mit Anhänger.

Die beiden Fahrer lagen am Boden und rührten sich nicht mehr.

Sie waren tot.

Nun war die ganze Sache eskaliert.

Ich konnte für die beiden armen Teufel nichts mehr tun. Auch die brennenden Wagen waren nicht zu löschen. Sie tranportierten Klaviere, Spieltische und einige Fässer Whiskey für die Goldgräber- und Minenstadt Denver.

Es brannte lichterloh.

Aber der oder die Mörder konnten keinen großen Vorsprung haben.

Und so ritt ich weiter und hoffte, daß ich in der richtigen Richtung ritt. Die Nacht war zwar hell, aber Fährten waren gewiß nicht verfolgbar, selbst wenn sie bei Tage deutlich erkennbar gewesen wären. Ich mußte auf gut Glück reiten und darauf hoffen, daß sich der oder die Mörder zu sicher fühlten.

Die Nacht verging, und kurz vor dem Morgengrauen sah ich ein Licht in der Ferne. Aber es waren zwei Lichter. Ich begriff, daß mir eine Postkutsche entgegen kam, welche rechts und links an den vorderen Ecken des Wagenkastens je eine Laterne hatte. Es waren gelbliche Lichter, die sich deutlich von den funkelnden Sternen unterschieden.

Und weiter hinten war noch ein Licht. Es wurde plötzlich frei.

Aber die ganze Sache war leicht zu erklären.

Dort befand sich eine Pferdewechselstation unserer Post- und Frachtlinie. Die Kutsche hatte dort ein frisches Gespann bekommen für den Rest des Weges. Und als sie aus dem Hof der Station auf den Wagenweg einbog, sah ich zuerst nur eines ihrer Lichter, dann erst beide. Sie verdeckte auch einen Moment das Licht der Relaisstation.

Es war also alles klar für mich.

Als die Kutsche mich erreichte, wartete ich am Rand des Wagenwegs und rief: »Haltet an! Barney, ich bin es, Coburne!«

Sie wollten an mir vorbeisausen. Und der Begleitmann hatte die Doppelmündung der Schrotflinte schon auf mich gerichtet. Ja, unsere Fahrer waren mehr als nur vorsichtig geworden.

Doch nun endlich erkannten sie mich in der hellen Nacht und verstanden durch die Geräusche der Kutsche auch meine Worte. Sie hielten an.

Barney, der Fahrer, fragte vom hohem Bock zu mir herüber: »Hey, Coburne, was tust du hier?«

Aber ich schüttelte nur den Kopf und sprach dann grimmig: »Etwa zehn Meilen weiter findet ihr den verbrannten Doppelwagen von Lefty und Hank. Sie wurden erschossen. Nehmt sie mit nach Smoky Hills, damit sie eine christliche Beerdigung bekommen. Ich bin hinter ihrem Mörder her. Vielleicht waren es auch mehrere. Aber ich erwische sie.«

Sie saßen einige Sekunden lang bewegungslos auf dem hohen Bock. Dann aber begannen sie heiser und voller Bitterkeit zu fluchen.

Aus der Kutsche fragte eine schrille Frauenstimme: »Wann endlich wird man in diesem verdammten Lande alle Banditen und Mörder aufgehängt haben? Wie lange wird das noch dauern?«

Auch eine Männerstimme grollte: »Es werden immer mehr! Alle wollen in dieser schlechten Zeit möglichst schnell eine große Beute machen! Diese verdammte Welt wird immer schlechter. Wann endlich kommt das große Aufräumen?«

Wir gaben keine Antwort. Aber Barney hob die Zügel des Sechsergespanns und fuhr wieder an. Es gab ja auch nichts mehr zu sagen.

Doch als sie schon zwei Dutzend Yard gefahren waren, da brüllte Barney zurück:

»Schicke sie zur Hölle!«

Ich ritt weiter auf das Licht der Station zu. Es war bis dorthin noch fast eine Meile. Es leuchtete immer noch gelb unter den Sternen in die Nacht.

Sie versorgten dort auf der Station gewiß noch das ausgewechselte Sechsergespann. Sie mußten es abreiben, in den Corral bringen und auch für Futter sorgen.

Ich wußte einigermaßen Bescheid über diese Station hier, obwohl ich sie noch nicht besucht hatte. Und so wußte ich, daß zu dieser Station auch ein kleiner Store und eine Gaststube gehörte. Die Stationsleute — ein Ehepaar mit zwei halbwüchsigen Söhnen, verdienten sich hier nebenbei ein wenig hinzu. Das gehörte zu ihrem Vertrag.

Als ich auf den Hof ritt und neben dem Corral verhielt, da trat der Stationsmann herbei. Seine Söhne arbeiteten im Corral weiter an den Tieren.

Der Mann sah zu mir hoch und fragte: »Wollen Sie auch frühstücken? Es wird bald Tag. Wir haben schon zwei Gäste. — Meine Frau wird bald das Frühstück machen. Ihr Pferd braucht sicherlich auch eine Ruhepause.«

»So ist es«, erwiderte ich und fragte dann: »Diese beiden Gäste . . . Sind die schon lange hier?«

»Noch keine Stunde«, erwiderte der Stationsmann. »Es sind Büffeljäger.«

Ich sah hinüber zum Stationshaus, wo sich in einem Anbau der Store und die Gaststube befanden. Davor standen zwei Sattelpferde am Wassertrog. Ich saß ab und gab dem Stationsmann die Zügel meines Pferdes.

»Ich bin Coburne«, sagte ich. »Gewiß hörten Sie schon von mir. Ich bin dabei, alle Stationen abzureiten. Versorgen Sie mein Pferd gut.«

»Sicher, Mister Coburne. Ich bin Jeff Slater. Ja, ich hörte schon, daß Sie nun der Boß sind. Gehen Sie nur hinein, und ruhen Sie sich aus. Das Pferd wird gut versorgt, Mister Coburne.«

Ich ging langsam über den Hof und lockerte meinen Revolver im Holster.

Vor dem Eingang, durch den man nach links in den Store und nach rechts in die Gaststube treten konnte, standen zwei Sattelpferde.

Und da sah ich es: Buffalo-Sharps.

Ja, es steckten Büffelgewehre in den Sattelschuhen.

Es konnten also wirklich zwei Büffeljäger, welche wieder zu ihren Mannschaften wollten, dort drinnen Rast machen.

Aber es konnten auch die Mörder der beiden Frachtfahrer sein, die sich sehr sicher fühlten und hier auf ein Frühstück warteten. Oder wollten sie auch unserer Station Böses antun?

Letzteres konnte ich mir nicht vorstellen, denn wer die Post- und Frachtlinie auch in seinen Besitz bringen wollte, er würde gewiß nicht vorher etwas davon zerstören. Denn er würde es wieder aufbauen müssen. Aber der Stationsmann und dessen Familie, die waren vielleicht in Gefahr.

Und das konnte — wenn es zwei eiskalte Killer waren — nach dem Frühstück der Fall werden.

Denn Stationsleute waren zu ersetzen.

Ich verspürte einen kalten Zorn in mir aufsteigen. Wenn es nämlich so sein sollte, daß dort drinnen Killer saßen und auf das Frühstück warteten, dann waren sie mehr als nur hartgesotten.

Ich ging hinein. Und da saßen sie in der Ecke an einem der vier Tische. Über ihnen hing eine Öllampe, in deren Schein sie sich die Wartezeit mit Kartenspiel vertrieben.

Die Tür zur Küche stand offen. Man hörte die Geräusche und das Geklapper einer emsigen Hausfrau. Der Duft von frisch gekochtem Kaffee kam aus der Küche.

Die beiden Kartenspieler — sie spielten offenbar Blackjack — starrten mich an und hielten inne mit dem Spiel.

»Hey«, sagte ich, »es soll hier bald Frühstück geben.«

Die Frau erschien in der offenen Tür und nickte mir zu. »Es gibt Eier mit Speck, Pfannkuchen mit Ahornsirup und Kaffee für einen halben Dollar«, sagte sie.

Ich nickte. Langsam trat ich zum anderen Ecktisch und setzte mich dort. Ich saß den beiden Männern nun schräg gegenüber.

Einer grinste und fragte: »He, wollen Sie nicht mitspielen?«

»Nein«, erwiderte ich. »Nicht mit euch.«

»He«, machte einer.

Und der andere fragte: »Was gefällt dir nicht an uns, Mann?«

Ich entschloß mich zu einem Bluff.

Und so erwiderte ich: »Ihr seid zu leichtsinnig. Ihr hättet nicht nach knapp einem Dutzend Meilen schon anhalten dürfen, um ein Frühstück zu bekommen. Ich kam auf eurer Fährte. Die Nacht da draußen ist fast taghell. Was seid ihr nur für Burschen, daß ihr jetzt mit Appetit frühstücken könntet? Ist der dicke McClusky euer Auftraggeber?«

Ja, es war ein Bluff, denn sie konnten wirklich zwei Büffeljäger sein.

Denn auch unter diesen befanden sich hartgesottene Burschen mit rauchiger Vergangenheit. Mein Instinkt jedoch sagte mir, daß sie keine Büffeljäger waren, obwohl sie Buffalo-Sharps mit sich führten. Aber nur durch einen solchen Bluff konnte ich sie zu einem Handeln verleiten, welches sie verriet.

Sie sprangen auf.

Auch ich tat es.

Und so standen wir uns einige Atemzüge lang schweigend und lauernd gegenüber.

»Du bist also ein guter Fährtenleser, auch in der Nacht«, brummte einer.

»In einer hellen Nacht«, verbesserte ich. Und nun bluffte ich wieder und fügte hinzu: »Einem der Pferde fehlt links vorne der Innenstollen des Eisens. Diese Fährte war leicht zu verfolgen.«

Sie glaubten es wahrhaftig. Mein Bluff klang wohl zu überzeugend für sie.

Und so schnappten sie nach ihren Waffen. Dabei stießen sie ein Fauchen aus, weil sie sich gegenseitig das Zeichen gaben auf diese Weise. Ja, sie fühlten sich eingeholt und gestellt.

Sie waren schnell, schneller als Büffeljäger gewiß, von denen kaum welche so blitzartig ihre Colts herausholen konnten.

Aber ich schlug sie und schoß sie von den Beinen. Nur einer von ihnen drückte noch ab und schoß seine Kugel vor meinen Füßen in die Dielen.

Dann war es vorbei.

Aus der Küche klang der entsetzte Schrei der Frau.

Und von draußen kam der Stationsmann mit seinen beiden erst halberwachsenen Söhnen herein. Im Raum verbreitete sich nun der Pulverrauch. Die beiden Kerle lagen am Boden zwischen den Tischen und Stühlen. Einer stöhnte erbärmlich.

Der Stationsmann fragte: »Was war das?«

»Ich war auf ihrer Fährte«, erwiderte ich. »Sie haben ein Dutzend Meilen von hier Lefty und Hank erschossen und deren Doppelwagen mitsamt der Ladung angezündet. Als ich ihnen das sagte, da bluffte ich nur. Doch sie zogen sofort.«

Ich ging nun zu dem stöhnenden Kerl hin. Er lag auf dem Rücken und bedeckte mit beiden Händen seine Bauchwunde.

»Du machst es nicht mehr lange«, sagte ich zu ihm nieder. »Also könntest du mir verraten, wer euch geschickt hat und wo das Hauptquartier ist. Wo sitzt die Spinne im Netz? Nimm das nicht mit in die Hölle. Sag es mir noch.«

»Reite doch nach Amity City und finde es selbst heraus«, stöhnte der sterbende Mann. »Reite nur hin, wenn du auch zur Hölle fahren willst.«

Die letzten Worte waren kaum noch zu verstehen, so schwach und undeutlich stöhnte er sie.

Dann war auch er tot.

Die Frau trat aus der Küche. Es war eine ziemlich unscheinbare und abgearbeitete Frau. Nun war sie voller Angst und Sorge.

»Sind auch wir in Gefahr?« So fragte sie spröde.

Ich konnte ihr keine ehrliche Antwort geben. Deshalb hob ich nur die Schultern und ließ sie wieder sinken.

»Vorerst wohl nicht«, sprach ich dann und sah Jeff Slater an. »Vielleicht kann ich die Spinne im Netz bald finden. Es muß einen oder mehrere mächtige Hintermänner geben, von denen das Böse ausgeht — nicht nur gegen unsere Post- und Frachtlinie, sondern gegen alle im Land auf gewiß zweihundert Meilen in der Runde, die etwas besitzen, womit man Gewinn machen kann. Jemand will sich ein Imperium schaffen auf vielerlei Gebieten. Vielleicht finde ich ihn bald. Begrabt die beiden Killer.«

Ich ging hinaus. Denn mir war jetzt nicht nach einem Frühstück. So hartgesotten hatte mich selbst der erbarmungslose Krieg nicht werden lassen, dem ich mit Glück entronnen war.

Doch jetzt befand ich mich in einem neuen Krieg.

Nahm das denn gar kein Ende!

4

Viele Tage ritt ich durch das Land, manchmal auch in den hellen Nächten. Ich besuchte einige kleine Städte, auch Camps, Farmen und Ranchen. Letztere waren erst in diesem Jahr da und dort gegründet worden. Man hatte Rinder von Texas heraufgebracht.

Es gab auch Mustangjäger im Land. Und einige Indianersippen zogen umher. In den Vorbergen gab es verborgene Camps, in denen Geächtete lebten. Ich hörte manchmal in den Saloons davon.

Überall erkundigte ich mich nach dem dicken Earl

McClusky. Ja, man kannte ihn. Er reiste überall umher und kaufte auf, was er nur bekommen konnte. Es waren zumeist Geschäfte, Saloons — aber auch Landbesitz, auf den es schon Besitztitel gab. Auch Wasserrechte, Minen, Farmen mit guten Ernten, Sägemühlen und Schindelfabriken, die an den Flüssen und Creeks sich befanden, Handwerksbetriebe, mochten es Schmieden, Brunnenbauer, Zimmerleute, Holzplätze und wer weiß noch was sein, alles kaufte er. Er mußte über ein riesiges Kapital verfügen und wurde stets von einem Revolvermann begleitet, der ein ganz Großer seiner Gilde war.

Auch bei Versteigerungen tauchte er auf. Und überall versuchte er mehr oder weniger mit scheinheiliger Freundlichkeit Druck auszuüben.

Wenn das nicht reichte, schickte er Killer durch das Land, die gewaltsam nachhalfen. Es wurden mutige Männer aus dem Wege geräumt — auch Town Marshals, die in den kleinen Orten den Job nur ehrenamtlich und für das Symbolgehalt von einem Dollar ausübten.

Nach mehr als einer Woche wußte ich besser Bescheid über das Land im westlichen Kansas und östlichen Colorado bis zu den Rocky Mountains.

Eine mächtige und rücksichtslose Macht mit großem Kapital kaufte alles auf und bekam so die ganze Struktur — also die Zusammensetzung und das innere Gefüge eines weiten Gebietes unter Kontrolle. Irgendwann konnte diese Macht dann in vielen Bereichen ein Monopol ausüben.

Dies also war das Ziel.

Denn die Besiedlung des Landes stand ja noch bevor. Der große Aufschwung würde erst noch kommen. Und dann wuchsen alle Werte.

Denn eines fand ich immer wieder heraus.

Es wurde gemordet oder gewaltig Druck gemacht und Angst eingeflößt.

Was dieser dicke Earl McClusky für seine unbekannten Auftraggeber kaufte, tat er nur zu einem Bruchteil des wirklichen Wertes. Auch für die Carrington Post- und Frachtlinie hatte er einen lächerlichen Preis geboten.

So war das also. Ich bekam mehr und mehr Durchblick.

Und immer noch ritt ich diesem McClusky und dessen Beschützer hinterher.

Der Dicke blieb niemals lange an einem Ort und änderte oft sein Ziel. Wenn ich manchmal in einem Ort hörte, daß er zum Beispiel von Blue Hill nach Rosanna wollte, dann stellte es sich heraus, daß er dies nur gesagt hatte, in Wirklichkeit aber zu einem ganz anderen Ort gefahren war.

Er ritt nie, benutzte stets nur seinen Buggy, der ja wirklich ein nobles und gut gefedertes Fahrzeug war. Sein Beschützer ritt einen Rappen.

Und wenn ich wieder einmal zu einem falschen Ort geritten war, dann mußte ich recht lange suchen, bis ich wieder einen Hinweis bekam.

Die zweite Woche verging, dann die dritte.

Mir war längst klar, daß er erfahren haben mußte, daß er von einem Mann gesucht wurde. Und so mußte ich damit rechnen, daß er mich irgendwo in eine Falle locken würde, um herauszufinden, was ich von ihm wollte und wer ich war.

Wahrscheinlich konnte er sich schwach an mich erinnern. Wir hatten uns im Hof der Carrington Post- und Frachtlinie ja gesehen, wenn auch nur kurz.

Ich hatte mir wieder einen Bart wachsen lassen. Auch hingen mir wieder die Haare bis fast zu den

Schultern nieder. Ich wirkte von Tag zu Tag abgerissener und fast wieder so wie damals, als ich noch ein Satteltramp gewesen war, der in seiner Not sogar bereit war, eine Postkutsche zu überfallen.

Damals hatte ich den ersten Killer gesehen. Doch es gab noch mehr. Ich wußte es genau. Kamen sie alle aus Amity City?

Ich mußte irgendwann in diese Stadt.

Doch zuerst wollte ich Earl McClusky finden.

Er sollte mir alles verraten, was wichtig war. Dann erst wollte ich mich in die Schlangengrube Amity City wagen — wenn es wirklich eine war. Ich wußte es nicht, mußte erst noch klarer sehen.

Und nur dieser Dicke konnte mich aufklären.

Aber würde er es tun? Sicherlich nicht. Ich würde ihn erst zerbrechen und so richtig kleinmachen müssen. Das war mir klar.

Und ich war bereit, es zu tun.

Denn sonst wurden noch mehr Männer getötet von irgendwelchen Killern. Sonst geriet ein weites Land in die Hände irgendwelcher machtgieriger Magnaten, üblen Geschäftemachern, die über Leichen gingen, weil sie glaubten, dies noch in einem mehr oder weniger gesetzlosen Lande ungestraft tun zu können.

Ich dachte in all diesen Tagen und Nächten immer wieder an Leslie. Nun war sie schon so lange allein und mußte die Post- und Frachtlinie ohne meine Hilfe leiten und in Gang halten.

Würde sie daran zerbrechen, einfach scheitern, weil sie für dieses harte Geschäft nicht hart genug war?

Doch ich konnte ihr nicht helfen, wenn ich wieder nach Smoky Hill ritt.

Nein, dort konnte ich ihr keine Hilfe sein. Ich

mußte den dicken Makler Earl McClusky finden, seinen Beschützer unschädlich machen und mit dem Dicken dann irgendwohin, wo ich ihn zerbrechen konnte, so daß er mir alles verriet.

Es war zwei Tage später, als ich in der Nacht die Lichter von Opal entdeckte, einem kleinen Ort in den Vorbergen der Rockies, in dessen näherer Umgebung es einige Silber- und Goldminen gab.

Hier sollten eine Erzmühle und ein Stampfwerk zur Versteigerung kommen. Ich hatte es an der Bar eines Saloons gehört.

Als ich die Lichter sah, da hoffte ich, daß Earl McClusky dort sein würde, wie fast überall, wenn etwas versteigert wurde, weil die Bank in Amity City plötzlich die Kredite gekündigt hatte. Das war schon da und dort geschehen, und es war stets das gleiche Spiel gewesen.

Ich hatte also Hoffnung, nun endlich McClusky zu finden, der mir bisher immer wieder entschlüpft war.

Etwa eine halbe Meile vor der Stadt holte ich einen Wagen ein, von dem aus ständig ein klapperndes, schepperndes und rasselndes Geräusch ausging.

Ich kannte dieses unverkennbare Geräusch schon, denn ich war diesem Wagen in den vergangenen Wochen da und dort begegnet. Es war ein sogenannter ›Fahrender Store‹ der primitivsten Art. Was dieser Abe Highman zu verkaufen hatte, war alles schon gebrauchtes Zeug. Er war also das, was man einen Trödler nannte.

Und was da schepperte, klapperte, rasselte, dies waren Töpfe, Pfannen und auch Blechgeschirr jeder Art, auch Ketten, Werkzeug, sogar Kuhglocken, wie manche Siedler sie benutzten, damit sie ihre oft einzige Milchkuh immer hörten beim Grasen. Bei dem alten, dicken Abe Highman gab es alles. Und vieles hatte er irgendwo aufgesammelt, weil es weggeworfen worden war.

Er war mit seinem Trödelkram ständig unterwegs. Offenbar verkaufte er dann und wann etwas, so daß es für ihn und sein Maultier zum Leben reichte.

Als ich den Wagen eingeholt hatte und neben ihm ritt, da kicherte er mit seiner Fistelstimme und sah von seinem Sitz zu mir herüber.

Und dann rief Abe Highman mir kichernd zu: »Aaah, du bist es, mein Söhnchen, du bist es. Ja, dich kenne ich nun schon vom Sehen ziemlich gut. Du bist viel unterwegs, so wie ich. Aber du hast nichts zu verkaufen. Du reitest nur so, nicht wahr? Aber vielleicht suchst du was. Könnte das sein? Dann frage mich. Vielleicht kann ich dir helfen. Frage mich nur, mein Sohn.«

Er kicherte wieder wie eine alte Hexe und fügte mit einem Klang von Stolz in der Stimme hinzu: »Ich bin das Auge und das Ohr im ganzen Lande. Mir entgeht nichts. Und ich merke mir alles. Was suchst du, mein Söhnchen?«

Er nannte offenbar alle Männer − ganz gleich wie alt oder wie jung sie waren − immer nur Sohn oder Söhnchen. Sein eigenes Alter war unbestimmbar. Er mochte nur wenig mehr als vierzig Jahre zählen, aber es konnten auch an die sechzig sein.

Ich wollte ihn schon nach Earl McClusky fragen, aber ich unterließ es dann doch. Irgendwie sagte mir ein Gefühl, daß ich ihm lieber nicht sagen sollte, nach wem ich suchte.

Und so lachte ich nur leise und erwiderte: »Was ich suche, Onkel Abe? So nennt man dich doch, nicht wahr? Was ich suche, Onkel Abe, das ist gar nicht so einfach zu finden. Ich suche eine schöne Blaugrasweide für meine Pferdezucht. Ja, ich will eine Pferdezucht gründen und brauche die beste Blaugrasweide dafür, ebenso eine gute Wasserstelle. Und weil es mir nicht so eilt, reite ich umher und sehe mir auf zweihundert Meilen in der Runde alles an. Dort die Lichter vor uns, dies sind doch wohl die Lichter von Opal – oder? Dort war ich noch nie. Kennst du dich aus mit Blaugrasweiden, Onkel Abe?«

Nun klang sein Kichern für einen Moment staunend und auch unsicher. Doch nur für einen Moment.

»Ja, sie nennen mich alle hier im Land Onkel Abe. Und wie nennt man dich, mein Sohn? Wie ist dein Name?«

Zuletzt war in seiner Stimme ein kaum bemerkbarer Anflug von Härte. Aber ich spürte ihn. Und so sagte mir mein Instinkt plötzlich, daß dieser so harmlos wirkende Trödler, den sie Onkel Abe nannten, vielleicht gar nicht so harmlos war.

»Ach, daheim in Texas nannten sie mich nur Laredo-John – auch später in der Texasbrigade. Sonst heiße ich noch Smet, aber was sind schon Namen, nicht wahr?«

»Ja, hihihi, was sind schon Namen, mein Söhnchen«, kicherte er. »Aber ich habe keine Ahnung von einer Blaugrasweide. Ich könnte gewiß auch keine edlen Pferde züchten. Dazu müßte man wohl selbst auch irgendwie edel sein, hihihihihi! Doch ich bin nicht edel. Ich sammle auf, was andere Leute wegwerfen. Dann reinige und repariere ich es und verkaufe es wieder. Viel Glück bei der Suche nach einer guten Weide, mein Söhnchen.«

»Danke«, erwiderte ich und ritt wieder schneller auf die Lichter der Stadt zu.

Hinter mir begann Abe Highman nun mit seiner Fistelstimme zu singen. Ich wußte auch, daß er manchmal auf einer alten Geige spielte.

Er galt in diesem Lande als einer, der eine gewisse Narrenfreiheit besaß. Doch ich hatte vorhin für einen kurzen Moment gespürt, daß er vielleicht überhaupt nicht harmlos war. In seiner Stimme war für einen Sekundenbruchteil ein harter Klang gewesen.

Ich erreichte nun die ersten Häuser der kleinen Minenstadt am Opal Creek und vergaß den Trödler hinter mir. Ich glich jetzt einem Wolf, der witternd und lauernd in ein noch unbekanntes Revier kommt.

Wie oben schon gesagt, es war eine Minenstadt, und das bedeutete auch eine Menge Leben und Betrieb, wenn es Nacht wurde und überall Feierabend war. Denn die Gold- und Silbersucher auf ihren Claims und die Arbeiter in den Minen, die wollten nach ihrer Schufterei zum Feierabend eine Menge Spaß. Und so begingen sie hier in dieser Minenstadt gewiß auch alle Sünden, die den Menschen nun mal seit Adam und Eva so großen Spaß machen.

Die kleine Stadt lag in einem Canyon, von dem aus nach Norden und Süden mehr oder weniger enge und tiefe Schluchten in die zerhackten Hügel führetn, während der Canyon von Ost nach West verlief.

Ich erkannte das alles schnell in der hellen Nacht — oder ahnte es zumindest, weil ich mich inzwischen mit den Formationen des Landes einigermaßen auskannte.

Und so war es auch. In der Stadt herrschte Betrieb. Im Hof des Mietstalles standen viele Sattelpferde und auch Minenwagen. Ich ritt weiter und fand vor einem Saloon noch einen Platz für mein Pferd. An einem Bratstand aß ich ein Steak mit Bohnen und trank zwei Becher starken Kaffee. Dann machte ich mich auf die Suche nach dem dicken McClusky.

Im Hof des Mietstalles hatte ich mich schon umgesehen. Dort stand kein Wagen, wie McClusky ihn fuhr. Ich war sicher, daß es kaum einen zweiten solchen Wagen in der Gegend gab. Denn es war wirklich ein nobles Ding, so wie man es im Osten benutzte. Zumeist fuhren die reichen Ladies in solchen Edelbuggys. Für McClusky war gewiß die Federung verstärkt worden. Denn ich schätzte, daß er zumindest zweihundertundfünfzig Pfund wog.

Im Hof des Mietstalls stand also kein solcher Wagen. Aber er konnte in einem Hotelschuppen oder auch -hof stehen. Ein Mann wie McClusky bekam gewiß in jeder Stadt ein reserviertes Hotelzimmer oder hatte dort sogar ein eigenes Maklerbüro.

Ich erinnerte mich wieder an McCluskys Firmenanschrift, welche mir Leslie damals vorgelesen hatte. Sie lautete: Earl McClusky, An- und Verkauf von Immobilien, Landbesitz und Effekten jeder Art, Ihr ehrlicher Makler auch für Kredite. Amity City, Colorado.

Nun, ich suchte lange in der Stadt herum und lernte dadurch auch besser die Straßen und Gassen kennen.

Es gab auch ein City House. Hier war auch der Termin einer Versteigerung angeschlagen. Es stimmte also. Morgen würden eine Erzmühle und ein Stampfwerk zur Versteigerung kommen.

Und wenn alles stimmte, was ich von McClusky wußte, dann würde er gewiß der einzige Bieter sein.

Indes ich vor dem Aushang verharrte, gingen hinter mir Passanten vorbei. Einer verharrte neben mir und deutete auf den Aushang unter der Laterne, die neben der Tür leuchtete. Dabei fragte er:

»Wollen Sie mitbieten, Mister?«

Ich wandte mich dem Frager zu. Er war ganz offensichtlich ein Mann, der mit Minen zu tun hatte, vielleicht ein Bergwerksingenieur oder Vorarbeiter, jedenfalls kein gewöhnlicher Arbeiter.

Ich grinste ihn an.

»Bin ich denn verrückt?« fragte ich. Dann setzte ich hinzu: »Ich verstehe mich auf Pferde und Rinder, nicht auf Erzmühlen und Stampfwerke, und schon gar nicht auf Dampfmaschinen, mit denen man die Dinger stampfen und mahlen lassen kann.«

Der Mann grinste zurück und erwiderte: »Die McClusky-Agentur würde auch nicht zulassen, daß außer ihr noch jemand mitbietet. Ich wollte Sie nur warnen, mein lieber Freund aus Texas.«

Der Mann ging weiter, und er hatte an meiner Sprechweise erkannt, daß ich Texaner war. Aber es waren ja nicht gerade wenig Texaner weiter nach Norden gezogen, um nach Chancen zu suchen. Denn Texas war arm wie eine Kirchenmaus und wurde von den Steuereintreibern der Yankees unter dem Schutz der Besatzungstruppen immer noch weiter ausgeplündert.

Viele Texaner wollten deshalb nicht in Texas bleiben. Ich machte mich weiter auf die Suche und begann damit, die Saloons und Spiel- und Tanzhallen aufzusuchen.

Ja, ich konnte mir vorstellen, daß McClusky auch ein großer Spieler war, der nur selten verlor.

Oder war er vielleicht sogar in einem Edelbordell?

In dieser kleinen Minenstadt, die jedoch jede Nacht überfüllt war, weil man sich hier alle Sünden kaufen konnte, gab es gewiß auch exklusive Edelbordelle.

Und McClusky mochte zwar dick und fett sein, aber gewiß war er kein Eunuche.

Es war dann gegen Mitternacht als ich dieses noble Etablissement fand.

Und einer der drei leichten Wagen, die neben dem schönen Haus standen, war der Buggy von McClusky.

Auf der Veranda stand ein riesiger Neger, der eine Art Uniform trug und auf dem runden Kopf einen Zylinder sitzen hatte, eine sogenannte ›Angströhre‹. Aber er war gewiß kein Bursche, der vor etwas Angst hatte. Wahrscheinlich war er mal Preiskämpfer gewesen und hatte als Sklave einem Herrn gehört, für den er als Gladiator Preiskämpfe austragen mußte, bei denen hoch gewettet wurde.

Ich wußte, so mancher Sklavenhalter hatte sich solche Preiskämpfer gehalten wie andere Rennpferde.

Als ich unterhalb der drei Stufen verhielt, da trat er oben an den Rand und sah auf mich nieder.

»Wollen Sie hinein, Mister?« So fragte er ruhig.

»Und wenn?« So fragte ich zurück.

Er ließ seine weißen Zahnreihen blinken und erwiderte: »Dagegen wäre nichts einzuwenden, wenn Sie zuerst baden würden und Ihre Kleider nicht mehr nach Pferdeschweiß und dem Rauch von Campfeuern stinken. Und zumindest hundert Dollar müßten Sie bei sich haben. Unsere Badeanstalt ist gleich links um die Ecke hinter dem Haus. Wenn Sie ein Pferd bei sich haben, dann wird es in unserem

Stall bestens versorgt. Es liegt also allein bei Ihnen, Mister, Sir.«

Ich nickte. »Ja, ja«, erwiderte ich, »das sehe ich alles ein. Die Schönen dort drinnen sind gewiß verwöhnt und selbst sehr gepflegt. Die riechen wahrscheinlich alle nach Rosen, Flieder oder anderen süßen Düften.«

Ich deutete auf die drei Wagen.

»Das sind noble Karossen. Aber eine kenne ich. Die gehört dem dicken McClusky, nicht wahr? Treibt der es mit nur einer Schönen − oder benötigt er zwei oder drei? Sagst du es mir, Zerberus?«

Da lachte der Schwarze und zeigte mir, daß er gebildet war. Denn er fragte: »Habe ich vielleicht drei Köpfe wie jener Höllenhund? Und nun hau ab, Texas! Wir geben keine Auskünfte über unsere Gäste. Hau ab!«

Ich nickte und ging.

Aber ich war nun sicher, daß McClusky in diesem Edelputahaus war.

Ich nahm mir Zeit und wollte zu meinem Pferd. Ich mußte mich endlich um mein Tier kümmern und auch ein wenig schlafen. Vielleicht konnte ich mich beim Mietstal für einen Dollar ins Heu legen und auch mein Pferd füttern.

Aber eigentlich brauchte ich nicht zu sparen. Ich hatte tausend Dollar mitgenommen und den Rest meines kleinen Vermögens in meinem Quartier im Bunkhouse der Carrington Post- und Frachtlinie unter den Dielen vergraben.

Denn irgendwann würde ich ja zurückkehren.

Als ich durch eine Gasse mußte, die zur Hauptstraße führte, da bemerkte ich, daß jemand hinter mir war.

Ich hielt inne und wandte mich um.

Aber auch der Mann verhielt. Er war mir offenbar gefolgt und hatte mich hier in der Gasse fast eingeholt. Keine zwei Dutzend Schritte stand er hinter mir. Ich ging einige Schritte zurück und auf ihn zu.

Aber er verharrte, wartete also auf mich.

Als wir nur noch etwa zehn Schritte voneinander entfernt waren, hielt ich wieder an und fragte: »Was soll's denn sein?«

Es war recht dunkel in der engen Gasse trotz der hellen Nacht. Ich konnte den Mann also nicht scharf erkennen. Doch ich sah, daß er zwei Revolver mit hellen Beingriffen im Kreuzgurt trug. Sonst war er schwarz gekleidet. Doch um die Krone seines Stetsons, dessen Krempe nicht verbogen war, trug er ein helles Band. Es konnte ein Goldband sein.

Mir fiel jener Killer wieder ein, der damals die Postkutsche anhielt und dann einen der Fahrgäste tötete – einfach abdrückte aus der Entfernung und ihn niederschoß wie nichts.

Damals war ein wichtiger Augenzeuge getötet worden. Eine Gerichtsverhandlung hatte nicht mehr stattfinden können.

Sollte mein Gegenüber dieser Killer sein?

Und so fragte ich nochmal: »Was soll's denn sein?«

Der Mann lachte leise. Dann erwiderte er: »Jemand ist schon lange hinter McClusky her. Wir hörten es immer wieder. Nun kennen wir ihn endlich. Was wollen Sie von ihm? Der Schwarze sagte mir sofort Bescheid, als Sie nach McClusky fragten, nachdem sie seinen Buggy erkannten. He, warum sind Sie hinter McClusky her? Ich bin sein Beschützer. Antworten Sie!«

Nun lachte auch ich ein grimmiges Lachen.

»Dich kenne ich«, erwiderte ich. »Du hieltst vor

einigen Wochen eine Postkutsche an, indem du deren linkes Führungspferd abknalltest. Und dann hast du einen der Fahrgäste umgelegt, der bei einer Gerichtsverhandlung als Augenzeuge aussagen sollte und offenbar auch wollte. Du . . .«

Ich kam nicht weiter, denn ich sah, daß er zog. Ich erkannte es an seinem Schulterzucken und schnappte ebenfalls nach dem Colt. Dabei drehte ich mich etwas. Das war mein Glück. Denn seine Kugel brannte wie ein Peitschenhieb über eine meiner Rippen. Doch zugleich traf ich ihn — und besser als er mich.

Er fiel nach hinten. Als ich zu ihm ging und mich über ihn beugte, da sagte er mit letzter Kraft zu mir empor: »In der Hölle treffen wir uns wieder, wer du auch bist. In der Hölle . . .«

Dann verstummte er für immer.

Und ich machte, daß ich fortkam.

Schüsse waren in Opal keine Seltenheit. Betrunkene schossen manchmal nach dem Mond wie in fast allen wilden Städten.

Und ich wollte nicht in Schwierigkeiten geraten.

Und so glitt ich wenig später aus der Gasse in den Strom der Fußgänger auf der Hauptstraße. Überall drängten sie in die Lokale hinein und kamen auch wieder heraus. Es war ein ständiges Kommen und Gehen. Sie alle suchten etwas, was sie gewiß nicht finden konnten.

Und so betranken sie sich sinnlos oder verloren ihr Geld beim Spiel. Andere kauften sich ein Mädchen für eine halbe Stunde. So war es nun mal.

Nur dort in jenem Nobeletablissement, in welchem ich McClusky wußte, war es gewiß anders. Dort ging es gewiß niveauvoller zu. Und dennoch war es überall die gleiche Lust.

Ich ging in einen Saloon und trank an der Bar zwei Whiskeys.

Verdammt, ich hatte wieder einmal kämpfen, schießen und töten müssen.

Was für ein Unterschied war das zum Krieg, dem ich zweimal verwundet entronnen war?

5

Ich wollte und mußte diesen dicken und fetten Earl McClusky haben, koste es, was es wolle!

Er war nun ohne seinen Leibwächter. Das mußte ich ausnutzen. Wenn er erst erfuhr, daß er seinen Leibwächter verloren hatte, würde er sich wahrscheinlich als Ersatz gleich drei oder ein halbes Dutzend neue beschaffen.

Sie hatten also gewußt, daß jemand hinter ihm her war. Es hatte sich herumgesprochen, daß ein langer Texaner immer wieder nach McClusky fragte.

Ich mußte ihn heute nacht noch bekommen.

Und so holte ich mein Pferd, saß auf und ritt außen um die Stadt herum, bis ich hinter das große und noble Haus des Edelbordells gelangte.

Im Hof war die Badeanstalt. Hier gab es auch die Aborte.

Ich verharrte und starrte auf die Rückseite des Hauses. Einige Fenster im Erdgeschoß waren erhellt. Auch oben war hinter zwei Fenstern noch Lichtschein.

Wo in diesem großen Haus war der Dicke?

Wie konnte ich das herausfinden?

Mir fiel keine Lösung ein. Es gab nur eine einzige

Möglichkeit. Ich mußte hinein und drinnen nach ihm suchen.

Natürlich zögerte ich.

Drinnen gab es gewiß auch einige Beschützer der Schönen, nicht nur draußen vor dem Eingang den riesigen Expreiskämpfer, der sogar wußte, daß Zerberus aus der griechischen Sage drei Köpfe hatte.

Sein Herr mußte ihm damals eine gute Schulbildung gegeben haben.

Ich glitt zur Hintertür, aber noch bevor ich sie erreichte, kam McClusky heraus. Oha, ich erkannte ihn sofort im herausfallenden Lichtschein. Er trug einen seidenen Morgenmantel, so als wäre er hier daheim. Und seine Füße steckten in roten Pantoffeln. Er rauchte eine Zigarre und furzte wie ein Gaul. Nun wußte ich, wohin er wollte. Er verspürte jenes menschliche Rühren, dem auch Kaiser und Könige gehorchen mußten.

Er strebte auf eines der Häuschen zu.

Ich machte ihm Platz, und er streifte mich im Vorbeigehen nur mit einem schrägen Blick. Dies konnte ich ebenfalls im Lichtschein erkennen. Aber er erkannte mich nicht. Wie sollte er das auch?

Er hatte mich damals nur kurz gesehen, und jetzt war der aus der Tür fallende Lichtschein nicht hell genug.

Er sagte über seine Schulter zurück: »Die Mädchen haben schon Feierabend, mein Freund. Sie können sich hier nicht durch die Hintertür reinschleichen. Der Laden ist geschlossen.«

Lachend ging er weiter und verschwand in einem der Häuschen.

Ich hörte ihn aus dem Holzkasten dann böse sagen. »Verdammt, ich muß was gegessen haben, was mich immer wieder zum Laufen bringt, weil es mich sonst zerreißt wie eine Explosion. Verdammt, die haben mir doch wohl keine zerstoßene Fuchsleber in die Drinks getan. Ich . . .«

Er brach mit einem Stöhnen ab.

Ich aber grinste und fand ein langes, dickes Brett, welches ich schräg gegen die Tür seines Thrones stellte, so daß er sie von innen nicht mehr aufstoßen konnte. Er saß nun gefangen in diesem großen Kasten.

Und so konnte ich mich unbesorgt auf den Weg machen, um mein Pferd zu holen, welches ich etwa fünfzig Schritte weiter zurückgelassen hatte.

Ich band es dicht bei den Aborten an einen abgestellten Wagen und hörte ihn drinnen stöhnen und immer wieder keuchend sagen: »Oh, Vater im Himmel, was habe ich nur gegessen, daß es mich so zerreißt? Ich kann doch gar nichts mehr in mir haben. Es muß doch alles längst schon raus sein. Aber diese verfluchten Krämpfe lassen nicht nach. Hat man mich vielleicht vergiftet und . . .«

Ich hörte nicht länger zu, sondern machte mich auf den Weg zur Vorderseite des noblen Hauses. Denn in mir war jetzt Hoffnung. Wenn, wie der Dicke vorhin sagte, das Nobelputahaus geschlossen war – es war ja auch schon nach Mitternacht –, dann stand vielleicht der schwarze Riese nicht mehr auf der Veranda vor der Tür.

Und so war es auch.

Als ich vorsichtig um die Ecke der Vorderseite blickte, war niemand zu sehen. Und von den drei Wagen, welche vorher dort gestanden hatten, da waren zwei verschwunden.

Nur McCluskys nobler Buggy stand noch dort. Der prächtige Rappe davor döste vor sich hin. Am Boden lag ein Fünfzig-Kilo-Gewicht, an welches er festgemacht war. Er konnte zwar seinen Kopf heben. Doch sobald er wegwollte, hinderte das Gewicht ihn daran.

Der schwarze Expreiskämpfer, der hier den Portier machte, war offenbar ins Bett gegangen.

Eigentlich hatte ich mich im Mietstall bei meinem Pferd auch ein oder zwei Stunden aufs Ohr legen wollen. Doch jetzt war ich froh, es nicht getan zu haben.

Denn nun waren alle Umstände ganz und gar auf meiner Seite.

Drinnen im Haus war alles ruhig. Wahrscheinlich schliefen sie alle. Doch wahrscheinlich gab es auch Gäste wie diesen McClusky, welche Privilegien besaßen und bei den Schönen bleiben durften.

Ich band das Pferd vom Gewicht los und führte den Rappen mitsamt dem Wagen ums Haus herum. Neben den Aborten band ich mein Pferd hinten fest.

Indes ich dies tat, hörte ich Earl McClusky böse schimpfen: »Verdammt, warum geht die Scheißhaustür nicht auf? Soll ich vielleicht den Rest der Nacht in diesem Käfig verbringen? Hat mich jemand hier eingesperrt? Verdammt noch mal, ich will hier raus!«

Ich nahm nun das schräg gegen die Tür gestellte Brett weg. Und weil er sich in dieser Sekunde mit seinem ganzen Gewicht von innen gegen die Tür warf, kam er herausgeschossen wie von einem Pferd getreten.

Er kugelte über den Boden und verlor seine Pantoffeln.

Als er sich stöhnend und dann fluchend aufrichtete und auf die Füße kam, da trat ich zu ihm und stieß ihm die Revolvermündung auf den Bauchnabel.

»Wir machen jetzt eine Spazierfahrt, McClusky«, sagte ich. »Weißt du, ich möchte mich ungestört mit dir unterhalten können. Na los, steig ein in deine Kutsche. Wir werden gewiß einen schönen Sonnenaufgang genießen. Steig ein, Dickerchen.«

Meine Stimme knirschte und nahm meinen Worten jede Freundlichkeit. Er verharrte noch.

»Wer − wer bist du denn?« stieß er dann die Frage hervor und sah mich an.

Ich erwiderte: »Du hast mich damals bei Leslie Carrington gesehen. Im Hof der Carrington Post- und Frachtlinie.«

Nun wußte er Bescheid. Doch er zögerte immer noch.

Da sagte ich: »Wenn ich dir was auf die Birne gebe, dann muß ich deine zweieinhalb Zentner Fett zwar in deinen schönen Wagen heben, aber glaub mir, das schaffe ich. Wie also willst du es haben?«

Er seufzte und erwiderte: »Ich bin ein kranker Mann. Ich muß immer wieder . . .«

»Halt's Maul und steig ein«, unterbrach ich ihn. Meine Geduld war wirklich am Ende. Ich mußte befürchten, daß ein Fenster aufging und jemand böse fragen würde, was denn das für ein Krach sei.

Er sah ein, daß er im nächsten Moment was auf die Birne bekommen würde, und gehorchte endlich.

»Man kann ja über alles reden und verhandeln«, murmelte er. »Warum sollten nicht auch wir uns einigen können, nicht wahr?«

Er war also voller Hoffnung.

Und so kletterte er barfuß und in seinem schönen seidenen Morgenrock in den Buggy und wartete, bis ich neben ihm Platz genommen hatte.

»Fahr nach Westen in die Berge hinein«, verlangte ich, »immer den Canyon entlang, mein Guter.«

Er gehorchte, und so fuhren wir bald aus der kleinen Minenstadt Opal.

Es war still geworden. Nur ein paar Betrunkene hockten da und dort, weil sie nicht mehr fähig waren, sich auf den Beinen zu halten. Die Lokale waren geschlossen. Im Osten kam nun das erste Grau hoch. Bald würde der Tag die Nacht nach Westen jagen.

McClusky ließ den Rappen nun traben, so als wollte er möglichst schnell alles hinter sich bringen. Als wir die letzten Häuser und Hütten hinter uns gelassen hatten, da sagte er: »Wozu das alles? Ich bin ja bereit, mich nobel mit dir zu einigen. Aber dazu müssen wir zurück. Ich habe meinen Geldgürtel im Bett bei der schönen Jessica gelassen. Was hast du mit meinem Leibwächter gemacht? Du mußt etwas mit ihm gemacht haben . . .«

»Du hast keinen Beschützer mehr«, erwiderte ich. »Und wenn du zu deinem Geldgürtel im Bett der schönen Jessica zurückwillst, dann wirst du mir vorher eine Menge erzählen müssen. Weißt du, McClusky, du sitzt nämlich so richtig in der Klemme. Niemand kann dir helfen. Es geht dir jetzt so wie den Menschen, auf die du deine Killer losgelassen hast. Du steckst wirklich tief im Schlamassel.«

Da sagte er nichts mehr.

So fuhren wir einige Meilen weit durch den Canyon, bis ich mich entschloß, nach rechts in eine Schlucht abzubiegen.

Bisher waren rechts und links des Weges, der dem Creek folgte, keine Lichter zu sehen gewesen, obwohl es überall Claims, Minen und die dazugehörigen Hütten, Werkstätten und Halden gab, auch Erzmühlen, Stampfwerke und Wasseranlagen.

Bald aber würde hier im Opal Canyon alles in

Gang kommen. Und so mancher Minenarbeiter würde noch ziemlich betrunken seine Arbeit aufnehmen und all den Schnaps ausschwitzen.

Wir folgten also der Schlucht. Sie war so eng und schlängelte sich durch die steilen Hügel, daß kaum anzunehmen war, man würde hier auf Menschen treffen.

Plötzlich ging es nicht mehr weiter. Der Rappe hielt an und weigerte sich, weiterzugehen. Ich sprang aus dem Wagen und ging nach vorn.

Und da sah ich es im Halbdunkel der Schlucht. Denn obwohl es im Canyon jetzt heller wurde und der Tag bald anbrach, war es hier in dieser Enge sehr viel dunkler.

Ich sah, warum der Rappe nicht weiterwollte.

Dicht vor ihm war ein Loch, welches die Schlucht ausfüllte. Jemand hatte hier vor langer Zeit nach Gold gesucht und ein tiefes Loch geschaffen. Vielleicht gab es eine Hoffnung auf eine Goldader. Der Boden war felsig. Wer hier auch gearbeitet hatte, er mußte wochenlang schwer geschuftet haben mit Hammer, Meißel und Brechstange.

McClusky saß bewegungslos auf dem Ledersitz. Als ich wieder zu ihm trat, sagte er: »Jetzt habe ich mir in die Hose gemacht. Dünnschiß. Es zerreißt mich immer wieder. He, wer du auch sein magst, Texas, ich zahle dir fünftausend Dollar, wenn du dich auf meine Seite schlägst. *Fünftausend* Dollar! Meine einzige Bedingung ist, daß du mit dem Geld einfach verschwindest und dich nie wieder . . .«

»Nein«, unterbrach ich ihn. »Ich will von dir eine lückenlose Aufklärung. Für wen arbeitest du als Makler? Und woher kommen die Killer? Erzähl mir auch was über die Stadt Amity City. Wer kundschaftet für euch immer wieder die Objekte aus, die ihr euch mit gnadenloser Härte anzuzeigen versucht? Du solltest mir das alles ausführlich erklären.«

»Und wenn nicht?« So fragte er zurück, und nun klang seine Stimme hart und irgendwie furchtlos. Aber ich wußte ja, er war ein harter Bursche, wenn auch in Fett verpackt. Und gewiß war er auch kein Feigling, wenn es ernst wurde.

»Dann muß ich dich zerbrechen«, erwiderte ich. »Es wird mich eine Menge Überwindung kosten, aber ich habe keine andere Wahl, ich will Menschenleben retten und an eure Hintermänner und Auftraggeber herankommen. Vielleicht ist es auch nur einer, der wie eine Spinne im Netz sitzt. Ich will ihn finden. Und auch die Killer will ich finden. Bisher fand ich nur drei, nämlich deinen Beschützer und zwei mit einer Buffalo-Sharps. Aber es muß noch mehr geben. Wo leben sie, vielleicht getarnt als ehrenwerte Bürger? Du wirst also reden müssen. Fang an damit. Jetzt gleich!«

Er seufzte.

Dann kletterte er aus dem Wagen. Er war ein fetter, schwerfälliger Mann. Doch das betraf nicht seinen Verstand. Er war gerissen, schlau und erfahren. Er kannte gewiß jeden Trick.

Doch ohne Leibwächter war er schutzlos.

Als er neben dem Wagen verharrte und sich noch an der Seitenlehne des Sitzes festhielt, da schnaufte er.

»Du bist verdammt allein gegen eine gewaltige Macht«, murmelte er. »Du hast gegen sie keine Chance, selbst wenn ich dich aufkläre. Sie haben das ganze Land fest unter Kontrolle. Und wenn sie wollen, dann . . .«

»Wer sind sie. Und wo finde ich sie? Sind es mehrere? Wer plant und setzt euch ein? Wer ist der Stratege? Rede! Oder muß ich dich erst so lange prügeln, bis du um Gnade wimmerst und doch alles sagst, was ich hören will?«

»Ich habe dich für einen stolzen Mann gehalten«, murmelte er. »Du könntest gewiß aus Selbstachtung nicht zu einem Folterknecht werden. Du gehörst zu der Sorte, die . . .«

Es kostete mich eine Überwindung, aber ich schlug ihn ins Gesicht. Als er auf die Knie fiel, fast ohnmächtig, da verachtete ich mich in diesem Moment. Ja, es kostete mich eine Menge Selbstachtung. Doch ich wollte Menschenleben retten, weiteres Unrecht verhindern. Ich befand mich in einer schlimmen Zwangslage.

Dieses fette menschliche Ungeheuer hatte gewiß kein Mitleid verdient, denn es richtete schon zuviel Unheil an als williger Handlanger mächtiger Hintermänner, die ein aufblühendes Land unter ihre Herrschaft und in ihren Besitz bekommen wollten.

Aber ich konnte dennoch an ihm kein Folterknecht sein. Der Schlag in sein fettes Gesicht hatte es mich begreifen lassen. Ich würde mich mein ganzes Leben dafür verachten müssen.

Aber wie konnte ich ihn zum Reden bringen?

Ich zog meinen Revolver und zielte auf seinen linken Fuß.

»Mit deinem Fuß fange ich an«, sprach ich. »Weißt du, ich habe daheim in Texas eine Menge von den Comanchen gelernt. Und du brauchst ja nur zu erzählen. Es liegt ja alles bei dir, nicht bei mir.«

Er hob seine fetten Hände und bedeckte sein Gesicht. Nein, er weinte gewiß nicht, aber es war eine Geste der Hilflosigkeit. Er hatte keine Hoffnung mehr auf ein Davonkommen.

Dann aber tat er etwas völlig Unerwartetes.

Er rannte vorwärts, bevor ich ihn zurückhalten konnte. Es waren nur wenige Schritte bis zum Rand des Loches. Er stürzte sich kopfüber hinein, so wie ein Schwimmer beim Kopfsprung in einen tiefen See.

Ich hörte, wie er auf den felsigen Boden des Loches aufschlug. Es war zwar nur etwa drei Meter tief, doch sein Gewicht sorgte für einen harten Aufprall. Er lag dann dort unten. Wahrscheinlich zog er sich nicht nur einen Schädelbruch zu, sondern brach sich auch noch das Genick.

Ich verharrte am Rande und starrte hinunter.

Ja, ich war geschockt. Niemals hätte ich ihm so einen Selbstmord zugetraut.

Und es gab eigentlich nur eine Erklärung hierfür.

Er hatte meine Drohungen nicht für einen Bluff gehalten, sondern sie ernst genommen. Und er mußte gegenüber seinen Auftraggebern und Hintermännern eine heilige Furcht haben. Er hatte sich so oder so verloren gefühlt. Und so wählte er den Freitod.

Und so stand ich da und versuchte, die bittere Erkenntnis zu verarbeiten, daß ich etwas falsch gemacht hatte. Ich stellte mir die ganze Sache zu einfach vor, hielt ihn für einen zwar gerissenen und schlauen, aber eben doch feigen Menschen, der am Leben hing.

Nun lag er dort unten in dem Loch. Und ich war nicht weiter als vorher.

Nur eines war sicher: Er konnte kein Unheil mehr in diesem Land anrichten.

Aber wer waren die Leute, für die er als Makler arbeitete und bei denen er nach Bedarf Killer anfordern konnte, die dann auch kamen und ihre Aufträge erledigten?

Leslies Mann war getötet worden. Und ein Zeuge, der von einem Marshal begleitet worden war, wurde aus einer Kutsche geholt und getötet.

Es gab noch viele andere ähnliche Vorfälle.

Ich mußte nach Amity City. Vielleicht kam alles Böse von dort. Ich holte mein Lasso von meinem Pferd, machte es am quergestellten Wagen fest, und kletterte hinunter in das Loch.

Earl McClusky war tot. Ich konnte ihm nicht mehr helfen. Aber ich hätte es getan, das wußte ich.

Und so war ich also an diesem Vormittag nach Amity City unterwegs. Den Rappen hatte ich ausgeschirrt und freigelassen. McClusky aber deckte ich mit Steinen zu, von denen es im Loch eine Menge gab. Dann schob ich auch seinen Buggy in das Loch, so daß er mit den Rädern nach oben auf den Grabhügel fiel. Nun war McClusky unter seinem geliebten Buggy beerdigt.

In mir war Bitterkeit, ein Gefühl von Schuld und Bedauern.

Gewiß, McClusky war ein Böser, der den Tod verdient hatte. Aber irgendwie waren mein Stolz und meine Selbstachtung dennoch verletzt.

Ich ritt aus der Schlucht und dann aus dem Canyon hinaus nach Westen.

Irgendwo dort in den Vorbergen von Colorado lag Amity City.

6

Es war Vormittag geworden, als ich einen Creek erreichte, in dessen tieferen Löchern einige Forellen zurückgeblieben waren. Denn der Creek führte nämlich kein Wasser mehr.

Ich saß ab, fing einige Forellen und briet sie wenig später an Stöcken über der Glut eines Feuers.

Dann hörte ich wieder jenes rasselnde und scheppernde Geräusch. Ich kannte es schon und war nicht überrascht, als der Trödlerwagen von Abe Highman herangerollt kam. Er hielt auf dem Wagenweg neben meinem Feuer an und fragte: »Hihihii, reicht es auch für einen lieben Gast?«

Ich nickte ihm zu, und so kletterte er von seinem Wagen und kam herüber, hockte sich auf die Absätze und griff nach einem der Stöcke, auf den eine Forelle gesteckt war. Sie war auch gar zum Essen. Und so tat er sich keinen Zwang an.

Ich sah, daß er noch recht gute und gesunde Zähne hatte. Also war er gewiß nicht so alt, wie man es auf den ersten Blick vermuten konnte.

»Das tut gut«, sprach er kauend. »Ich konnte noch nie Forellen aus einem Loch greifen. Wo hast du das gelernt, Söhnchen?«

»Bei den Comanchen«, erwiderte ich und sah ihn fest an.

Aber er wich meinem Blick aus und tat so als interessierte ihn nur die Forelle an dem dünnen Stecken.

»Und jetzt willst du nach Amity City, Söhnchen?« fragte er ganz nebenbei und nicht sonderlich interessiert.

»Du weißt ja, Onkel Abe«, erwiderte ich, »daß ich eine gute Blaugrasweide für meine Pferderanch suche. Vielleicht finde ich sie in einem der Bergtäler, die es rings um Amity City geben soll. Es ist ein guter Name für eine Stadt, denke ich. Hoffentlich werde ich nicht enttäuscht. Es wäre schön, in der Nähe einer freundlichen Stadt eine Pferderanch zu gründen. Gibt es in Amity City vielleicht auch eine Bank, die einem angehenden Pferdezüchter Kredit gewähren würde, wenn er auch selbst etwas Eigenkapital besitzt?«

»Wahrscheinlich.« Abe Highman grinste kauend. »Es gibt dort sogar eine große Bank, die immer wieder etwas riskiert. Du wirst ja sehen, Söhnchen.«

Wir unterhielten uns dann über viele Dinge, auch über dieses Land und dann über Gott und die Welt.

Ich erkannte immer mehr, daß er kein primitiver Bursche war, eher eine Art Philosoph, der die Dinge mehr von oben herunter mit Nachsicht betrachtete, weil er längst schon erkannt hatte, daß die Welt nicht besser werden konnte wegen der Menschen, die in ihr lebten – besonders hier auf unserer Erde.

Ja, er glaubte, daß es irgendwo auch noch andere Lebewesen gab, die uns ähnlich waren.

Aber bei aller weisen Nachsicht, die er ausströmte, warnte mich mein Instinkt vor ihm. Er gab sich als zweiter Diogenes von Sinope, der damals im alten Griechenland vor Christi bedürfnislos in einer Tonne gelebt haben sollte und der ein zynischer Philosoph war, der in der Bedürfnislosigkeit der Menschen deren höchstes Gut sah.

Ja, so gab er sich. Aber mein Instinkt warnte mich dennoch fortwährend vor ihm, und ich wußte, ich konnte mich auf meinen Instinkt verlassen. Wir verputzten also die wunderbaren Forellen. Dann erhob er sich, holte Zigarren aus seinem Trödlerwagen und brachte auch eine Flasche Whiskey mit.

Es war guter Bourbon aus Kentucky, und auch das paßte nicht zu seiner scheinbaren Bedürfnislosigkeit, seinem Image als Trödler, diesem Bild also, welches er sich nach außen gab.

Aber er sagte kichernd: »Aaah, es ist ein unerhörter Luxus, doch manchmal muß sich auch ein armer Mann, ein Unterprivilegierter also, etwas gönnen. Saufen wir die Flasche leer, mein junger Freund. Du gefällst mir immer besser. Und es ist doch wirklich so, daß zwei Männer zusammen eine Flasche leeren müssen, um sich besser kennenlernen zu können. Trinken wir also!«

Er nahm einen langen Zug und reichte mir dann die Flasche.

Und ich wußte, er wollte mich betrunken machen und traute sich zu, bei gleicher Menge nüchterner zu bleiben als ich.

Ja, er war gerissen und schlau. Und er wollte mich bis tief in meinen Kern hinein erforschen.

Das konnte klappen, denn er war schwergewichtig wie jener Earl McClusky, der sich das Leben nahm. Doch McClusky war ein Fettsack, er aber gehörte zu einer anderen Sorte. Bei ihm waren es gewiß gewaltige Muskeln, die er geschickt unter zu weiten Kleidern verbarg. Er ließ mich an einen zwar alt gewordenen, aber dennoch immer noch kraftstrotzenden Wildeber denken. Er hatte rote Haare, die er auf seinem runden Kopf wie eine Bürste trug. Sein Vollbart war dunkler. Und seine Augen waren kieselhart.

Sein Grinsen war blinkend und breit.

Ja, er wollte mich betrunken machen, und es begann nun eine Art Zweikampf zwischen uns. Denn er kniff nicht. Er trank jeweils die etwa gleiche Menge.

Irgendwann begannen wir zu singen.

Und dann holte er die zweite Flasche. Wir sangen und redeten. Unsere Zungen wurden immer schwerer. Manchmal stellte er hinterhältige Fragen, zum Beispiel die Frage, woher ich die Pferde für eine Zucht bekommen würde.

Aber da lachte ich ihn aus und deutete auf meinen Braunen, der ja ein Hengst war. Und ich erklärte ihm: »He, Onkel Abe, dies ist ein echter Criollo, verstehst du? Das ist ein texanischer Wildhengst, der das Blut der edlen Araber in sich trägt, die mit den Dons auf diesen Kontinent kamen. Dieser Hengst sieht nach nichts aus, nach gar nichts. – Aber wenn er die richtigen Stuten bekommt, dann entsteht eine Zucht, die ausdauernd und genügsam ist. Das sind Pferde, die alle anderen schlagen, wenn es um Ausdauer geht – zum Beispiel in der Apachenwüste. Es sind keine schönen Pferde, aber sie schlagen alle anderen. Solche Tiere wird man auch in den Bergen von Colorado brauchen. Glaub es mir, denn ich verstehe etwas von Pferden. Ich lernte es von den Comanchen. Basta!«

Ich erklärte und erzählte ihm das natürlich nicht so flüssig, wie es hier geschrieben ist. Nein, ich sprach unbeholfen, mit schwerer Zunge, immer wieder Pausen einlegend, dazwischen einen langen Zug aus der Flasche machend.

Es wurde zuletzt ein lallendes Gespräch zwischen zwei Betrunkenen.

Ich gab mich betrunkener, als ich wirklich war, und ich wußte, er machte es ebenso wie ich. Er war ein gerissener Hurensohn, der mein Innerstes erforschen wollte. Und selbst in meinem trunkenen Hirn war mir ständig bewußt, wie schlau und hinterhältig seine Fragen waren.

Als er die dritte Flasche von seinem Wagen ans Feuer holte, da begann ich erst richtig zu begreifen, wie hart er war. Aber er konnte mich nicht so sinnlos betrunken machen, daß ich sozusagen hirnlos wurde.

Ich wußte immer noch, was ich ihm auf seine scheinbar nebensächlichen oder überraschend eingestreuten Fragen mit lallender Zunge antworten mußte. Er war mir von seinem Körpergewicht her beim Trinken überlegen, denn er wog gewiß sechzig Pfund mehr als ich. Bei ihm verteilte sich der Alkohol in viele Pfunde mehr, aber auch er lallte dann nur noch.

Ich legte mich schließlich einfach lang. Denn ich wollte nicht mehr trinken. Ich hatte genug, nachdem wir die dritte Flasche angebrochen und sie erst zu einem Viertel geleert hatten.

Ja, ich legte mich einfach lang und tat so, als hätte er mich tatsächlich geschafft. Ich begann sogar zu schnarchen. Und dennoch war ich trotz des trunkenen Hirns noch wach. Ich wollte wissen, was er nun tun würde.

Er kam auf Händen und Knien zu mir gekrochen und rüttelte mich an der Schulter. »He, du hast doch wohl noch nicht schlappgemacht?« So fragte er lallend mit schwerer Zunge. »Verdammt, ich habe noch viele Fragen an dich. Ich weiß immer noch nicht gut genug Bescheid über dich, Texas-Sohn. Wach auf, damit wir weitersaufen können, verdammt, wach auf!«

Ich hörte es, doch ich stellte mich betäubt vom Schnaps. Ich schnarchte weiter. Und als er wieder an meiner Schulter schüttelte, da tat ich so, als erwachte ich für einen Moment und lallte stöhnend: »Leleleck mich amamam Arsch.«

Da gab er es auf und legte sich selbst hin. Bald schnarchte auch er.

Und auch ich fiel in bodenlose Tiefen. Wir waren nun beide ›weg‹.

Es war schon Nacht, als ich mit einem Brummschädel erwachte. Ich rollte mich auf den Bauch und kroch zum Creek, wo ich heute vormittag noch die Forellen aus dem Wasserloch gegriffen hatte.

Ich warf meinen ganzen Oberkörper hinein, hob ihn immer wieder heraus, um Luft zu holen, und tauchte wieder ein. Es war ja nicht tief in diesem Wasserloch. Ich hatte hineingehen können beim Forellenfang, ohne daß mir das Wasser über die Stiefelränder in die Stiefel rinnen konnte.

Doch nun ertrank ich fast darin, weil mir wieder schwarz vor Augen wurde.

Heiliger Rauch, was hatten wir geschluckt. Mehr als eine Flasche war auf jeden von uns gekommen. Und es war ein guter und starker Bourbon, den wir schluckten.

So manchen Mann hätte das in so kurzer Zeit umgebracht.

Ich legte mich im Wasser stöhnend und schnaufend auf den Rücken. Mein Mund und die Nase ragten über die Wasseroberfläche. Ich konnte atmen und meinen Kopf und den Nacken kühlen.

Oha, wie tat das gut.

Dann kam Abe Highman angekrochen, so wie zuvor ich. Auch er warf sich in das Wasserloch. Dann lagen wir nebeneinander. Er sprach seufzend: »Mein guter Whiskey, oha, mein guter Whiskey . . . Wir haben ihn zu schnell und ohne Verstand geschluckt. Solch einen Whiskey muß man feierlich trinken, ihn wie ein Geschenk des Himmels dankbar genießen. Schade um den schönen Bourbon, schade . . .«

Wir kamen nun wieder auf die Füße und betrachteten uns.

»Texas-Sohn«, knirschte er, »du bist beim Saufen ein verdammt zäher Bursche. Ich wünsche dir Glück bei deiner Pferdezucht. Aber dein Hengst . . . Dieser Gaul mit dem Senkrücken, dies soll ein . . . Wie hast du diese Pferderasse genannt?«

»Ein echter Criollo«, erwiderte ich. »Das hat nichts — bei Pferden nicht — mit Kreolen zu tun. Aber dennoch kamen diese Pferde aus Südamerika herüber zu uns in den Norden. Edle Araber vermischten sich mit den verwilderten Mustangs, den Nachkommen der ersten Pferde auf diesem Kontinent. Sie können dreihundert Meilen ohne Pause traben. Das können keine anderen Pferde. Glaub es mir.«

Er schüttelte ungläubig den Kopf. Dann ging er schwankend zu seinem Wagen.

»Wir werden einen starken Kaffee kochen«, versprach er mir.

Es war Tag geworden. Der Kaffee hatte uns ein wenig geholfen. Doch essen konnten wir noch nichts. Unser Kater war zu stark.

»Du reitest weiter nach Amity?« So fragte er.

Ich nickte nur.

»Dann viel Glück«, krächzte er. »Ich komme irgendwann auch wieder nach Amity. Doch vorerst muß ich ins Siedlerland. Die Siedler dort kaufen mir meine alten Töpfe, Pfannen und Werkzeuge ab, weil sie billiger sind als neue, aber ebenso brauchbar. Ich mache meine besten Geschäfte bei den armen

Leuten. Fast alle dort im Siedlerland bekamen Kredite von der Bank in Amity. Und nun pflügen sie den jungfräulichen Boden, legen Äcker und Felder an, bauen Hütten und Häuser. Sie veredeln das einstige Büffel- und Indianerland und machen es wertvoll. Dann brauchen sie in einigen Jahren nicht mehr mein altes Zeug zu kaufen, hihihihi.«

Er erhob sich und packte die wenigen Siebensachen zusammen, die er aus seinem Wagen ans Feuer geholt hatte. Er kletterte dann hinauf und fuhr nach Süden zu davon.

Also mußte dort im Süden das Siedlerland sein.

Ich hockte noch eine Weile am erlöschenden Feuer, erhob mich dann ebenfalls und trat es aus.

Als ich wenig später im Sattel saß und den Rest des Alkohols auszuschwitzen begann, da dachte ich wieder einmal mehr an Leslie in Smoky Hill, für die ich ja immer noch unterwegs war wie ein Ritter, welcher auszog, um für eine bedrohte Königin einen Krieg zu gewinnen.

In den beiden letzten Wochen traf ich da und dort schon mal auf Frachtwagen und auch Postkutschen der Carrington Post- und Frachtlinie. Ich sprach dann mit den Fahrern, die mich ja kannten und hörte stets, daß es Leslie gutging und sie alles in Betrieb hielt — und daß es bisher auch keine weiteren Zwischenfälle gegeben habe.

Jetzt war sie gewiß noch eine ganze Weile sicher. Denn es gab ja diesen Earl McClusky nicht mehr. Die Überfälle und Beschießungen der Postkutschen und Frachtwagen hatte aufgehört, aus welchen Gründen auch immer.

Auch der Killer, der an seinem Stetson ein goldenes Band trug, schwarzgekleidet war und einen Rappen ritt, war tot.

Doch ich glaubte nicht, daß man aufgegeben hatte, Leslies Post- und Frachtlinie zu übernehmen. Sie hatte wahrscheinlich nur eine Atempause bekommen, weil die gnadenlosen Drahtzieher anderweitig zu tun hatten. Man würde auf Leslies Besitz wieder zurückkommen. Und es würden sich andere Hartgesottene darum kümmern.

Earl McCluskys Makleragentur war ohne Boß.

Doch gewiß nicht mehr lange.

Ich beschloß, mich in Amity City noch einmal gründlich umzusehen und dann wieder nach Smoky Hill zu reiten. Denn ich wollte und durfte Leslie nicht wochenlang allein lassen.

Und so ritt ich den ganzen Tag nach Westen.

Als es Abend wurde, hatte ich den Restalkohol gründlich ausgeschwitzt. Unterwegs hatte ich an jeder Wasserstelle und an jedem Creek viel getrunken.

Nun, als es Abend wurde, da sah ich Amity City.

Die Stadt wurde von der untergehenden Sonne rot beleuchtet und lag inmitten eines ansteigenden Canyons, der allein die Bergwand durchbrach. Nur durch diesen Canyon konnte man weiter nach Westen auf viele Meilen. Diese Stadt lag wie ein Korken in einem Flaschenhals im Canyon und hatte so eine beherrschende Lage.

Indes ich langsam hinaufritt, wurde mir klar, daß Amity City wahrhaftig die Chance hatte, die zukünftige Countystadt zu werden, wenn dieses Land eines Tages ein selbständiges County wurde.

Aber was für eine Stadt war sie?

Ich würde es bald herausfinden.

Vielleicht saßen dort die Hintermänner und Drahtzieher, von denen alles an Bösem ausging.

7

Es war bei mir so wie bei jedem fremden Reiter, wenn er in eine ihm unbekannte Stadt kommt. Ich hielt vor dem größten Saloon, zu dem auch eine Tanzhalle und eine Spielhalle gehörten.

Denn wenn man in eine fremde Stadt kommt, kann man sich am besten in einem Saloon über alles informieren.

Und so hielt ich meinen häßlichen Hengst, den sie alle unterschätzten, vor dem Amity Saloon an und saß ab, klopfte mir mit dem Hut den Staub aus der Kleidung und sah mich um.

Es war nun dunkel geworden, weil die Sonne hinter den Bergen verschwand, zu deren Paß ja der Canyon hinaufführte. Überall in den Häusern und Geschäften war nun Licht. Die Lichtbahnen fielen wie goldene Barrieren über die Straße. Und der Staub, den Fahrzeuge, Reiter oder Fußgänger aufwirbelten, schien sich in diesen Lichtbarrieren in Goldpuder zu verwandeln.

Die Stadt wirkte freundlich, friedlich. Auf den Veranden saßen Menschen, die den Feierabend genossen. Fußgänger bewegten sich auf den Plankengehsteigen. In einem Haus sang eine Frauenstimme einem kleinen Kind offenbar ein Einschlaflied.

Als ich mich unter der Haltestange hinauf zum Gehsteig bückte, da sah ich einen Mann, der an einem der Stützpfosten des vorgebauten Übergeschosses lehnte und sich eine Zigarette drehte.

»Hallo, Fremder«, sagte der Mann. »Sie habe ich noch nie hier gesehen bei uns in Amity. Hatten Sie einen weiten Weg?«

Ich verhielt und grinste ihn an.

»Ja, Texas ist weit«, erwiderte ich. »Und meine Kehle ist voller Staub.«

»Dann gehen Sie nur hinein, Texas«, erwiderte der Mann mit einem Lachen in der Kehle. Er leckte über das Blättchen und vollendete seine Selbstgedrehte. Als er ein Zündholz am Pfosten anrieb und die Zigarette anzündete, da sah ich sein Gesicht deutlicher unter der Hutkrempe.

Seine Stimme war freundlich gewesen, doch sein Gesicht war hart.

Galt das auch für die Stadt?

»Die haben drinnen gutes Bier«, sprach er nach einigen paffenden Zügen. »Und auch der Whiskey ist gut, um den Hals auszuspülen. Wollen Sie hier nur durchreiten, Fremder?«

»Ich suche eine gute Blaugrasweide«, erwiderte ich. »Deshalb reite ich überall herum und sehe mir alles an. Ich will Pferde züchten. Dazu braucht man eine Weide, deren Gräser viele Mineralien enthalten. Nur dann kann man gute Pferde aufziehen.«

»Richtig«, erwiderte der Mann. »Aber Sie werden gewiß etwas finden. Hier gibt es einige Täler mit Gras, so wie Sie es suchen. Sie müssen das Squatterrecht hier im Land-Office eintragen lassen. Irgendwann wird Amity County-Stadt sein. Ich bin hier der Marshal. Mein Name ist Beam, Jones Beam.«

»Und ich bin John Smet«, erwiderte ich und ging hinein in den Saloon.

Ich steuerte geradewegs auf den langen Schanktisch zu, hinter dem drei Keeper standen, welche die lange Reihe durstiger Kehlen bedienten.

Auch ich bekam meinen Drink und das Bier sehr schnell.

Die ganze Zeit aber, indes ich auf meine Drinks

wartete und auch dann, als ich den Brandy kippte und mit Bier nachspülte, hielt ich meine Augen auf das Bild gerichtet, das jeder ansehen mußte, der an der langen Bar stand.

Himmel, ich kannte die Frau, die dort von einem wirklichen Künstler in Öl und herrlichen Farben verewigt wurde. Nein, es gab keinen Irrtum, denn der Künstler hatte diese totale Ähnlichkeit nicht zufällig treffen können.

Die Frau dort auf dem Bild konnte nur April Kingsley sein.

Und als ich dies begriffen hatte, da fiel mir alles wieder ein.

Es hatte ja mehrere Frauen in meinem Leben gegeben. Eine davon war Leslie Willard gewesen, die jetzt den Namen ihres ermordeten Mannes trug und also Carrington hieß.

Wie mochte April Kingsley jetzt wohl heißen?

Das fragte ich mich, indes ich mich an alles erinnerte, was damals war.

Sie gehörte zu einer Theatergruppe, die auf einem Schiff den Missisippi befuhr und überall dort anlegte, wo unsere Truppen waren. Aber sie war eine Spionin der Yankees gewesen.

Man hatte sie dann überführt und zum Tode verurteilt.

Hängen wollte man sie.

Ich war damals schon Lieutenant gewesen. Als man sie befreit hatte, mußte ich sie mit einer Patrouille verfolgen. Wir kämpften ihre Befreier nieder, die uns aufzuhalten versuchten, so daß sie Vorsprung bekam auf dem schnellsten Pferd dieses Kommandos.

Ich verlor bei diesem Kampf einige Männer. Doch dann setzte ich die Verfolgung fort. In einem kleinen

Dorf fand ich sie, weil ihr Pferd zusammengebrochen war. Auch ich war allein, denn die Pferde meiner wenigen mir noch verbliebenen Männer hatten ebenfalls schlappgemacht.

Ich fand sie also in einer Scheune im Heu versteckt.

Und da lag sie nun und starrte zu mir hoch. Sie war eine wunderschöne Frau. Und sie fragte mich: »Lieutenant, wollen Sie wirklich, daß man mich am Hals aufhängt? Würde es nicht genügen, daß ich schwöre, nie wieder für den Norden zu spionieren? Macht es Ihnen Freude, eine schöne Frau an den Galgen zu bringen?«

Ich stand damals da und blickte auf sie nieder.

Nein, sie bot sich nicht an, versuchte nichts in dieser Hinsicht. So manche Frau hätte an ihrer Stelle gesagt: »Nimm mich, aber laß mich dafür entkommen.«

Sie tat es nicht.

Und so drehte ich mich damals in der Scheune wortlos um und ging.

In meinem Bericht meldete ich damals, daß sie uns entkommen wäre. Und jetzt sah ich hier ihr Bild an der Wand über der Bar.

Was machte das Schicksal doch manchmal für Scherze. Oder war es kein Scherz, sondern . . . Ja, was war es sonst?

Als der Barmann kam, um mein leeres Bierglas gegen ein volles umzutauschen, da deutete ich auf das Bild hinter ihm an der Wand und fragte: »Gibt es die da wirklich?«

Er grinste breit. »Und wie gibt es die — und wie! In etwa zwei Stunden tritt sie drüben auf der Bühne der Tanzhalle auf und macht alle Jungs selig.«

Er ging wieder, um andere durstigen Kehlen zu

bedienen. Ich aber wußte, daß ich zwei Stunden Zeit hatte. Also konnte ich mein Pferd in den Mietstall bringen, mir eine Unterkunft suchen, mich waschen, mir ein sauberes Hemd anziehen und auch irgendwo einen Happen essen.

Und dann würde ich sie in Natur sehen können, diese April Kingsley. So hatte sie sich damals genannt. Ob es ihr richtiger Name war?

Würde sie mich wiedererkennen?

Mir verdankte sie ihr Leben. Man hätte sie als Spionin am Halse aufgehängt. Von einem verlorenen Haufen, der eine harte Mannschaft war und die ich mit meinen Reitern während der Verfolgung niederkämpfen mußte, war sie befreit worden.

Und dann hatte ich sie dennoch erwischt.

Ja, ich sah wieder vor meinen Augen, wie sie erschöpft im Heu der Scheune lag und dennoch wunderschön anzusehen war. Es lag damals ganz allein bei mir, ob man sie hängen würde.

Ich konnte das nicht auf mein Gewissen nehmen.

Und so war ich bereit, ihrem Schwur zu glauben, daß sie nie wieder gegen die Konföderation spionieren würde. Ja, sie hatte uns mächtig geschadet. Und das hatte sogar eine Schlacht entschieden und eine Menge Tote gekostet.

Dennoch konnte ich sie nicht dem Henker ausliefern. Ja, sie war mir ihr Leben schuldig.

Aber was war sie für eine Frau?

Oha, ich war verdammt neugierig auf sie. Hatte es sich gelohnt, ihr das Leben zu schenken? Oder war ich damals ein Dummkopf gewesen, der sich blenden ließ von ihrem Anblick. Sie wirkte so hilflos, so gehetzt und gestellt — und dabei dennoch so schön. Noch nie hatte zuvor eine Frau so auf mich gewirkt, selbst Leslie nicht.

Nun, ich würde sie in zwei Stunden etwa sehen. Und dann würde ich herausfinden, ob sie mich wiedererkannte. Eigentlich mußte mein Anblick sich in ihr für immer eingeprägt haben, obwohl ich damals nur für eine Minute etwa zu ihren Füßen stand und auf sie niederblickte.

Ja, sie war es. Es gab für mich keinen Irrtum. Sie war keine Doppelgängerin. Natürlich sah sie oben auf der Bühne — angeleuchtet von Karbidlampen, sehr viel anders aus als damals.

Sie trug jetzt ein blaues Kleid. Aber ihr Haar leuchtete immer noch wie Rotgold. Und ihre Augen waren von einem intensiven Blau. Damals trug sie Reitkleidung und war nicht wie jetzt für den Auftritt zurechtgemacht.

Aber sie war es.

Auch ihre Stimme war es. Ich hörte sie auf der Bühne zu den Gästen sagen:

»Nun, Gentlemen — ja, ich halte euch alle für ganz besondere Gentlemen —, ich will euch zuerst das Lied von jenem Mädchen singen, dem ein Cowboy goldene Schuhe mitbringen wollte aus der weiten Welt, die er sich ansehen wollte. Aber sie wartete vergebens. Gibt es auch unter euch welche, die ihre Mädchen vergebens warten lassen?«

Nachdem sie die letzten Worte mit einem herausfordernden Klang in der Stimme spach, setzte die Musik ein. Und dann begann sie zu singen. Sie stand fast bewegungslos auf der Bühne. Und dennoch spürten wir alle ihr innerliches Feuer.

Die Halle war brechend voll. Ich konnte mir denken, daß jetzt alle Männer in dieser Stadt hergekommen waren.

Der Beifall dann nach dem Lied war tobend.

Sie sang noch drei weitere Lieder, und beim letzten Lied kam sie von der Bühne herunter und schritt durch die sich öffnende Gasse der Männer.

Ich lehnte zwischen anderen Gästen an der Bar, hatte die Ellenbogen hinter mir aufgestützt und hielt in der Linken ein halbvolles Glas.

Sie kam auch an unserer Reihe entlang. Dabei sang sie ein herausforderndes Lied von einem Mädchen, welches sich in den Kopf gesetzt hatte, eine Desperado-Queen zu werden.

Sie kam dann auch zu mir, wollte singend auch an mir vorbei und streifte mich zuerst mit einem Blick. Sie war fast schon vorbei, als die Erinnerung sie plötzlich einholte. Ja, ich konnte es erkennen. Sie zuckte kaum erkennbar zusammen und wandte sich mir wieder zu.

Nun sah sie mich fester und forschender an.

Ich erwiderte ihren Blick, sah in ihre so tiefblauen Augen, die wie Saphiere leuchteten, wenn ein Lichtstrahl auf sie fiel.

Ich lächelte sie an und hob prostend mein halbvolles Glas.

Doch da nahm sie es mir aus der Hand, machte beim Singen eine Pause und trank einen Schluck.

Sie nahm dann sofort wieder den Text auf und ging weiter.

Und ich wußte, sie hatte mich erkannt. Aber das war vielleicht gar nicht so schwierig. Ich trug ja noch meinen Rebellenhut mit der Goldschnur eines Offiziers. Und mein Bart war so ähnlich gewachsen wie damals. Ich wußte, daß auch meine Augen leuchteten wie ihre.

Vielleicht hatte sie mich erst sogar an meinen Augen erkannt.

Was nun?

Ich wußte es nicht. Sollte ich versuchen, zu ihr zu gelangen? Sie wurde abgeschirmt von einigen Männern, die ich für Rauswerfer oder Hauspolizisten hielt. Sie hätten jeden Burschen, der ihr zu nahe gekommen wäre, gewiß zurückgestoßen. Und sie würden sie auch abschirmen gegen jeden zudringlichen Besucher.

Aber wenn sie mich erkannt hatte, dann würde sie vielleicht von sich aus Kontakt aufnehmen. Und so blieb ich an der Bar und nahm einen zweiten Drink.

Ein Mann neben mir sagte. »He, sie hat aus deinem Glas getrunken, Bruder. Das war eine besondere Auszeichnung. Denn das tat sie bisher noch nie. Ich würde das Glas behalten und als besonderes Andenken auf einen Ehrenplatz stellen. Bedenke, Bruder, ihre Lippen berührten dieses Glas. Und sie nahm einen herzhaften Schluck daraus. Was für eine Queen!«

Der Bursche war noch ganz hin und starrte mich neidvoll an.

Der Barmann aber, der mir den Drink ins Glas nachfüllte, sagte grinsend:

»Ja, mein Freund, Sie können das Glas behalten. Dies wäre im Sinne der Amity City Queen.«

Ja, ich hatte es schon gehört. Man nannte sie hier die Amity City Queen.

Sie verschwand dann, nachdem sie das vierte Lied gesungen hatte. Der Beifall folgte ihr. Aber sie kam nicht wieder für eine Zugabe.

Die Kapelle spielte nun zum Tanz. Es gab etwa zwei Dutzend Tanzmädchen, die man sich ›kaufen‹ konnte durch eine Tanzkarte.

Alles im Saal normalisierte sich. Viele Gäste verließen die Tanzhalle. Sie waren ja nur gekommen, um April Kingsley singen zu hören und sehen zu können.

Ob sie auch hier April Kingsley hieß? Oder war das damals in Vicksburg ein falscher Name gewesen?

Ich wartete, und als der Barmann mir den dritten Drink ins Glas füllte, da fragte er mich: »Nun, werden Sie das Glas behalten?«

Ich hob die Schultern und ließ sie wieder sinken.

Dann trat ein Mann zu mir. Er war einer der Hausordner, einer von der Sorte, die imstande war, jeden Randalierer im hohen Bogen auf die Straße zu werfen.

Er nickte mir zu und sagte: »Kommen Sie mit mir!«

Ich wußte, er würde mich zu April Kingsley bringen. Sie hatte ihm gewiß gesagt, daß er jenen Mann holen sollte, aus dessen Glas sie einen Schluck Whiskey trank.

Und so folgte ich ihm und ließ das Glas an der Bar zurück. Ich wußte, daß ich es nicht als Erinnerung an eine schöne Frau brauchte.

Der Rauswerfer führte mich hinauf in den ersten Stock. Dort klopfte er an eine Tür am Ende des Ganges und rief halblaut: »Miss April, hier ist Lockhart. Ich habe ihn hergebracht. Hier ist er!«

Er meinte mich.

Die Tür wurde geöffnet.

Und nun stand sie vor mir. Der Mann hatte sie Miss April genannt. Also stimmte zumindest der Vorname noch.

Sie lächelte mich an im Lampenlicht.

»Hey, Rebellenlieutenant«, sagte sie mit ihrer dunklen und sehr melodischen Stimme, deren Timbre wohl jedem Mann unter die Haut ging, wenn sie es darauf anlegte. Und jetzt legte sie es darauf an. Ich erkannte es auch in ihren Augen und ihrem Lächeln.

Sie schien sich wirklich zu freuen.

Nun gab sie mir den Weg frei, so daß ich eintreten konnte. Zu meinem Begleiter sagte sie: »Es ist gut, Lockhart. Dies ist ein alter Freund. Es ist in Ordnung. Sie können gehen, brauchen nicht vor der Tür zu warten.«

Sie schloß die Tür.

Und dann standen wir uns wieder gegenüber und sahen uns an.

»Lieutenant.« Sie lächelte. »Ich weiß nicht mal Ihren Namen. Sie hatten sich damals nicht vorgestellt. Leider. Aber ich konnte Sie nie vergessen. Wie war es bei Ihnen?«

»Wie hätte ich Sie vergessen können, April?« So fragte ich zurück und stellte eine zweite Frage: »Könnte es überhaupt sein, daß ein Mann Sie vergessen könnte, der Sie einmal sah? Und uns verbindet wohl etwas Besonderes — oder?«

8

Irgendwie war ein freudiges Gefühl in mir. Ihre Ausstrahlung traf mich wie ein Bann. Es gab da in Smoky Hils jene Leslie. Doch jetzt hatte ich sie total vergessen, so als gäbe es sie nicht.

Und dabei war ich doch die ganze Zeit für Leslie wie ein getreuer Ritter unterwegs.

»Wie schön«, lächelte April. »Ich habe mir immer wieder gewünscht, daß wir uns wiedersehen könnten — aber unter anderen Umständen. Wie also ist dein Name, mein Freund?«

Einen Moment zögerte ich, denn ich hatte mich die letzte Zeit John Smet genannt. Doch jener Earl McClusky war tot. Und nur er hätte mich in Verbindung mit der Carrington Post- und Frachtlinie bringen können.

Und so nannte ich April meinen richtigen Namen, erwiderte also »Ty Coburne heiße ich. Tyrone Coburne. Und dein Name ist wirklich April Kingsley?«

Sie nickte.

Und dann stellte sie sich auf die Zehenspitzen und küßte meinen Mund.

»Ich konnte mich bisher noch nicht bedanken«, sagte sie lächelnd und schmiegte sich an mich. »Ich war damals in deiner Hand. Du hättest mich nehmen können. Aber du warst keiner von dieser Sorte. Komm, setzen wir uns. Ich habe hier einen besseren Whiskey als unten an der Bar. Erzähl mir etwas von dir. Wie geht es dir? Brauchst du irgendwie . . .«

»Nein«, unterbrach ich sie. »Ich brauche keine Hilfe. Mir geht es gut. Ich war nicht lange ein Satteltramp nach der Entlassung aus der Gefangenschaft. Ich kam in dieses Land, weil es hier in der Umgebung Blaugrastäler geben soll. Ich suche eine gute Weide für eine Pferderanch. Und nun fand ich dich . . .«

Ich wußte nicht mehr weiter.

Auch fiel mir jetzt endlich wieder Lelie ein.

Auch sie war eine Witwe, die ihrem Mann nach dessen Tode noch lange treu sein würde. Leslie war weit weg und hatte plötzlich keine Wirkung mehr auf mich.

Und vielleicht hatte ich damals mit Leslie nur die

schöne April Kingsley vergessen wollen, die ich nicht bekommen konnte — auch nicht wollte, weil das ein Ausnutzen ihrer Not gewesen wäre.

Jetzt aber würde es anders sein. Ich erkannte es in ihren Augen.

Sie wandte sich ab, um an einem kleinen Tisch zwei Gläser zu füllen.

Ich hatte jetzt schon einiges getrunken, doch aber auch ein großes Steak mit Bohnen im Magen. Ich würde also noch eine Menge aushalten können.

Sie kam mit den Gläsern und reichte mir eines. Dann tranken wir uns zu.

Sie sprach: »Dies ist mein Haus. Du könntest hier bei mir wohnen. Und du würdest dann auch gewiß das Blaugrastal vergessen. Unser kurzes Erlebnis damals, als du mir das Leben schenktest und nichts dafür nahmst, hat mir gesagt, daß du ein Mann bist wie sonst keiner unter zehntausend anderen. Willst du mein Kronprinz sein in dieser Stadt, in diesem Land? Du hast ja wohl schon gehört, daß man mich Amity City Queen nennt, nicht wahr? Aber ich habe noch keinen Prinzgemahl.«

Ich schüttelte den Kopf.

Dann leerte ich das Glas und erwiderte: »Ich würde gerne mit dir ins Bett gehen, schöne April. Ich würde dich gerne lieben — immer wieder. Ja, ich würde zu gerne mit dir das anfangen, was man wohl ein Verhältnis nennt. Denn ich glaube, wir könnten einander eine Menge geben an Zärtlichkeiten und auch Feuer. Aber ich wäre kein guter Prinzgemahl. Ich will eine Pferderanch gründen. Ein Mann muß sein eigener Herr bleiben.«

»Ein Mann deiner Sorte«, sprach sie. »Du hast Furcht davor, mein Sklave zu werden, nicht wahr? Ja, ich habe Macht über Männer. Ich bin sehr froh, daß du anders bist und mich deshalb auch nicht ausnutzen wirst. Ty, es wird sehr schön werden zwischen uns. Ich müßte nach Mitternacht noch mal auftreten. Doch das fällt heute aus. Ich habe im anderen Zimmer ein wunderschönes Bett.«

Sie nahm mich bei der Hand.

Und ich ging mit ihr. Denn sie war eine wunderschöne Frau mit allen vollkommenen Reizen. Ich aber war ein Mann von dreißig Jahren.

Nur ein Heiliger hätte widerstehen können.

Und Leslie Willard-Carrington?

Sie wollte ihrem Mann noch lange treu bleiben. Ich war immer noch bereit, ihr zu helfen, beizustehen, ihr Ritter zu sein.

Doch jetzt hier in Amity City konnte ich eine schöne Frau besitzen.

Was hatte das Leben noch mit mir vor?

Am späten Morgen danach ließ sie unser Frühstück heraufbringen. Und als wir uns am Tisch gegenübersaßen, da erinnerte ich mich wieder an die Beweggründe meines Kommens.

Wir saßen uns gegenüber und sahen uns immer wieder an.

April sagte lächelnd: »Du hast mich nicht enttäuscht. Du warst wunderbar. Noch niemals führte mich ein Mann so sehr ins Paradies. Ty, ich denke, daß wir füreinander bestimmt wurden schon vor langer Zeit. Aber ich begreife, daß ein Mann deiner Sorte selbst etwas schaffen oder aufbauen möchte. Wahrscheinlich darf ich dir dabei nicht helfen — oder?«

Da war es wieder, dieses Angebot. Sie versuchte irgendwie, mich zu ihrem Schuldner zu machen.

Sollte ich mich ihr gegenüber verpflichtet fühlen? Brauchte sie hier in Amity etwa die Hilfe eines harten Revolvermannes?

Sie wußte, wie gut ich kämpfen konnte.

Ich hatte ja mit wenigen Reitern damals ihre ganze Mannschaft, von der sie aus dem Gefängnis in Vicksburg befreit wurde, kleingemacht.

Ich trank erst einen Schluck Kaffee und erwiderte dann: »Helfen? Ja, du könntest mir in einer Hinsicht helfen, schöne April. Erzähle mir etwas über diese Stadt und die Menschen hier. Wenn ich mich in der Nähe niederlasse, dann sollte ich wohl mehr über die Verhältnisse hier wissen, nicht wahr?«

Ihre Augen wurden einen Moment schmal.

Dann zuckte sie mit den Schultern.

»Du wirst dich hier mit vier besonderen Männern gutstellen müssen. Ich kann dich heute abend mit ihnen bekanntmachen. Denn heute ist die Nacht, in der sie zu ihrer Pokerrunde zusammenkommen. Eigentlich sind es fünf, aber jener fünfte Mann ist plötzlich verschwunden. Vielleicht taucht er bald wieder auf. Es sind die wichtigsten Männer von Amity, erfolgreiche Männer. Sie besitzen Minen weiter oben in den Bergen bei Denver und im Gebiet des Pikes Peak. Sie betreiben Sägemühlen an den Creeks, Erzschmelzen, haben Frachtwagenzüge unterwegs. Und auch hier in Amity gehören ihnen Saloons, Hotels, der Mietstall und Spielhallen. Sie regieren diese Stadt.«

»Und keiner stellt dir nach?« So fragte ich.

Sie nickte. »Sie alle. Aber solange ich keinen von ihnen vorziehe, respektieren sie mich.«

»Dann werden sie wohl nicht gerade freundlich zu mir sein«, grinste ich.

Sie lächelte.

»Oh, du wirst dich schon gegen sie behaupten können. Ich habe ihnen immer gesagt, daß mein Mann im Kriege verschollen wäre und ich immer noch mit seinem Wiederauftauchen rechnete. Ich könnte dich . . .«

»Nein«, erwiderte ich. »Stelle mich ihnen nicht als deinen wieder aus dem Nichts aufgetauchten Mann vor. Du hast recht, ich werde mich schon behaupten können. Ich konnte mich bis jetzt überall behaupten.«

Sie sah mich fest an und nickte. »Ja, das glaube ich dir«, sagte sie und löffelte ihr Ei aus. »Das wußte ich damals schon, als ich zu deinen Füßen im Heu lag. Du kannst dich überall behaupten.«

Ich lächelte sie an und erwiderte: »Das kann man wohl von dir auch annehmen, nicht wahr, Blauauge? Sie nennen dich hier Amity City Queen. Also bist du was Besonderes in dieser Stadt. Die gehört hier der größte Saloon mit einer Tanz- und Spielhalle. Und du bist eine Frau. Wie hast du das geschafft?«

Ja, ich war neugierig. Sie war nicht nur schön und reizvoll wie keine andere Frau und konnte alle Männer um den kleinen Finger wickeln. Sie war gewiß auch eine harte und gerissene Geschäftsfrau in dieser Männerwelt.

Sie nahm einen Schluck Kaffee und lächelte mich dann an.

»Ach«, sagte sie leichthin, »es war gar nicht so schwer. Ich kam damals mit fünf Partnern und Freunden her. Amity war damals ein armseliges Nest, aber wir setzten auf den Aufschwung im Land, wenn der Krieg erst vorbeisein würde. Und eines Tages war er vorbei. Amity gehörte inzwischen uns. Und überall in weiter Runde begann der Aufschwung. Wir hatten eine Menge Betriebskapital und teilten unsere Interessengebiete untereinander auf. Ich übernahm die Amüsierbetriebe in dieser Stadt. Stört es dich, wenn ich dir sage, daß ich auch ein Bordell betreibe?«

Nun staunte ich.

Aber was hatte ich denn erwartet? Sie war damals mitten im dritten Kriegsjahr eine gerissene Spionin für den Norden gewesen, für die Unionsarmee. Sie war schon immer eine verwegene Abenteuerin gewesen, der nichts mehr fremd war auf dieser Erde.

Ich fragte: »Deine fünf Partner und Freunde, mit denen du nach hier gekommen bist . . . Soll ich vier von ihnen heute abend kennenlernen? Sind es die? Und einer von ihnen ist verschwunden, so sagtest du gestern.«

Sie nickte.

»Vielleicht werden sie dir gefallen«, sprach sie dann ernst. »Was wirst du heute tun, Tyrone?«

»Mir einige Täler ansehen«, erwiderte ich. »Und heute abend bin ich wieder hier in Amity. Ich bin neugierig auf deine Partner und Freunde. Haben auch sie damals für die Unionsarmee . . .

Ich zögerte, doch sie sprach weiter: » . . . spioniert. Nicht wahr, das wolltest du sagen? Oh, sie haben an vielen Fäden gezogen und eine Menge dabei riskiert. Und wir wurden reich dabei. Du wirst sie kennenlernen. Und vielleicht vergißt du dann die dumme Blaugrasweide und auch die Pferderanch. Ein Mann wie du würde zu uns passen. Tyrone, ich mag dich sehr und möchte keinen anderen Mann bei mir im Bett haben. Verdammt, es ist nun mal so. Ich habe oft an dich gedacht. Diese Minute damals, als du mich gestellt hattest und ich hoffnungslos in der Falle saß, vor deinen Füßen im Heu lag – und als du mich damals schontest, dies alles . . .«

»Schon gut, April«, unterbrach ich sie. »Du hast mich damals iregendwie verzaubert. Ich konnte dich nicht dem Henker übergeben. Ich mußte dich laufenlassen. Aber wir sollten es vergessen.«

Ich erhob mich, denn ich wollte immer noch ausreiten, um mich im Land rings um die Stadt umzusehen.

Und ich wollte nachdenken.

Seit gestern abend war alles irgendwie anders geworden.

Irgendwie hatte ich das Gefühl, als hätte mich das Schicksal wie eine neue Figur in ein Spiel gestellt — oder wie eine Karte in ein Spiel gemischt.

April erhob sich ebenfalls und kam um den Tisch herum zu mir. Sie drängte sich an mich, stellte sich auf die Zehenspitzen, umschlang meinen Nacken und zog sich zu mir hoch. Dann küßten wir uns lange.

Fast wären wir wieder hinüber in ihr Schlafzimmer gegangen. Es hätte nicht viel gefehlt.

Aber dann lösten wir uns.

Ihre Augen funkelten. Sie lachte kehlig. »Ja«, kicherte sie, »du kannst mir sogar widerstehen, wenn du etwas anderes im Kopf hast. Also reite und such dir ein Blaugras-Valley.«

Ich grinste auf sie nieder. »Du kannst einen Mann süchtig machen wie ein süßes Gift«, sprach ich dann und ging.

Nun sah ich die Stadt bei Tage. Die meisten Häuser, Läden und Lokale waren neu errichtet, nur wenige Häuser waren älter. Es mußte hier vor etwa zwei oder drei Jahren ein Aufschwung stattgefunden haben.

Ich ging auch an der Amity-City-Bank vorbei.

Dabei fragte ich mich, woher April Kingsley und deren fünf Partner wohl das viele Geld hatten, mit dem sie damals nach Amity kamen und das armselige Nest so sehr veränderten, daß es nun wahrscheinlich Countystadt eines neuen Countys werden würde.

Sie mußten damals mit einem gewaltigen Vermögen hergekommen sein.

Und einer von ihnen war verschwunden.

Ich dachte instinktiv an jenen Revolvermann, der mich in einer Gasse von Opal gestellt hatte. Er war mir gefolgt, nachdem ich mich nach McClusky erkundigt hatte beim schwarzen Portier eines Nobelbordells. Ich hatte ihn töten müssen. Und er trug an seinem Hut ein goldenes Band.

War er vielleicht der fünfte Mann?

Ich schritt langsam an diesem Vormittag durch die Stadt und sah mir alles an. Die Leute hier wirkten freundlich, friedlich, rechtschaffen. Es gab sogar eine Schule, in der die Kinder offensichtlich ein Lied einübten. Es war ein schönes Lied, welches die vier Jahreszeiten besang.

Es herrschte Leben in der Stadt. Sie war das Ausfalltor zu den Goldfundgebieten rings um Denver und den Pikes Peak. Ich sah viele Wagen vor den Geschäften und Magazinen, Werkstätten und der Saatguthandlung.

Ja, es war eine freundliche, arbeitsame Stadt und für die Menschen im weiten Umkreis gewiß der Nabel der Welt. Amity City, Freundschaftsstadt. Was für ein schöner und guter Name.

Als ich in den Hof des Mietstalls gelangte, traf ich auf den Marshal, den ich gestern bei meiner Ankunft schon kennenlernte.

»Na, wollen Sie Ausschau halten nach einer guten Blaugrasweide.« So fragte er mich und grinste dabei.

Mir war klar, daß er genau wußte, wo ich die Nacht verbracht hatte.

Ich erwiderte: »Beam, ich suche wirklich eine Blaugrasweide.«

Er lachte leise im Vorbeigehen und rief über die Schulter zurück: »Viel Glück, Texas!«

Ich hatte ihm gestern einen falschen Namen genannt, nämlich John Smet. Bald würde er dahinterkommen, aber ich war sicher, daß in diesem Land eine Menge Männer falsche Namen trugen. Hierfür gab es immer Gründe – zum Beispiel irgendwelche Fehden, vor denen sie geflohen waren.

Ich holte mir mein Pferd und ritt aus der Stadt.

Denn ich wußte, ich mußte mich tarnen. Sie alle mußten mich für einen Pferdezüchter halten, der nur aus einem einzigen Grunde hergekommen war.

Und so mußte ich so tun als suchte ich wirklich eine gute Blaugrasweide. Ich würde sie sogar registrieren lassen müssen nach Squatterrecht.

9

Es war am späten Nachmittag, als ich durch eine enge Schlucht in einen wunderschönen Talkessel gelangte, der voller Blaugras war.

Bis nach Amity City waren es knapp acht Meilen. Es war ein noch freier Talkessel, denn ich fand keine Hütte in ihm, geschweige denn ein Haus oder andere Anzeichen von Besitzanahme.

Dieser fast kreisrunde Talkessel war noch frei.

Aber das war wohl erklärlich, weil er für eine Siedlerparzelle, aus der mal eine Farm werden sollte, zu klein war. Doch für eine Pferdezucht war er ideal. Es gab genug Gras für mehr als hundert Pferde. Und die Hänge in der Runde bildeten einen natürlichen Corral.

Von einer Felswand kam ein Wasserfall und versorgte einen kleinen See, der einen Abfluß hatte.

Ja, dies war der ideale Platz für eine Pferdezucht. Wenn ich ihn nach Squatterrecht registrieren ließ, würde man mir meine Absicht glauben.

Ich ritt wieder in den Canyon zurück, da hörte ich wieder jenes mir shon bekannte Geräusch, dieses Klappern, Rasseln und Scheppern.

Ich wußte sofort, dort kam Abe Highman mit seinem Trödlerwagen.

Er war wieder rastlos unterwegs, und ich erinnerte mich, daß er ins Siedlerland wollte, um dort seinen Trödelkram zu verkaufen. Offenbar kam er von dort zurück und strebte Amity City zu so wie ich.

Und so wartete ich auf ihn.

Er winkte mir bald grinsend zu. »Na, hast du gefunden, was du suchst, Texassohn?« So fragte er und kicherte dabei, so als machte ihm seine Frage Spaß.

»Ja, ich fand ein schönes, kleines Tal«, erwiderte ich und fragte: »Und du? Hast du ein paar Pfannen und Töpfe verkauft?«

»Und eine Axt und drei Messer«, erwiderte er. »Und eine Siedlerfrau bot mir einen vergoldeten Nachttopf an, den sie aus Europa mitgebracht hatte, wo er zum Schlafzimmer einer richtigen Gräfin gehört haben soll . Einen vergoldeten Nachttopf, in den eine richtige Gräfin ihre Eier legte, hahaha!«

Er schüttelte sich vor Lachen. Ich lachte mit.

Dann fragte ich: »Und du hast ihn gekauft?«

»Sicher«, erwiderte er. »Diesen Spaß konnte ich mir nicht entgehen lassen. Ich werde den vergoldenen Topf meiner schönen Freundin schenken, der schönsten Frau auf mehr als tausend Meilen in der Runde. Hast du sie schon gesehen, Texassohn? Man nennt sie die Amity City Queen.«

»Ja, ich habe sie schon genossen«, erwiderte ich vieldeutig. »Und der willst du dieses Ding verehren? Wäre das nicht etwas zu indiskret? Darf ein Mann einer schönen Frau einen Nachttopf schenken?«

»Phah.« Abe Highman lachte. »Ich habe überall Narrenfreiheit. Und diese April Kingsley kannte ich schon, als sie noch ein Kind war.«

»Und wo war das?« Ich fragte es nun doch sehr neugierig.

Er starrte mich an, und sein Blick war plötzlich hart und abweisend.

»Das geht dich nichts an, Texassohn. Reite nur weiter. Ich fahre langsam. Laß dich nicht aufhalten.«

Es war ein deutliches Wegschicken. Ich roch nun auch seinen Whiskeyatem. Er war ziemlich betrunken. Vielleicht war er überhaupt ein Säufer.

Ich ritt schneller und ließ ihn mit seinem Wagen hinter mir zurück.

Als die Dämmerung in den Amity Canyon fiel, begannen vor mir — und etwas höher im leicht ansteigenden Canyon — die ersten Lichter der Stadt zu blinzeln.

Bald würde ich wieder bei April Kingsley sein.

Ja, ich verspürte so etwas wie Begierde nach ihr. War sie wirklich schon wie ein süßes Gift in mich eingedrungen? War ich schon süchtig nach ihr geworden?

Verdammt, das durfte nicht sein.

Ich ritt in die Stadt mit anderen Reitern und auch Fahrzeugen, die von irgendwoher kamen und Menschen beförderten, die hungrig waren nach Zerstreuungen, vielleicht auch nach einigen Sünden.

Ich ritt vor das City House und betrat das Office des Marshals. Denn hier war auch das Registrier-Office.

Jones Beam saß hinter dem Schreibtisch und rauchte eine Zigarre.

»Na, etwas gefunden?« So fragte er.

Ich nickte und trat an die große Landkarte, die an der Wand angehängt war. Sie war noch von Zebulon Pikes gezeichnet worden, der damals im Auftrag der Regierung das ganze Gebiet vermessen hatte.

Ich brauchte nicht lange zu suchen, um meinen kleinen Talkessel zu finden. Ich konnte meinen Zeigefinger auf ihn setzen. Über die Schulter sprach ich zu John Beam zurück: »Das ist es. — Hier, diesen Talkessel beanspruche ich nach Squatterrecht. Oder ist er schon auf einen Namen registriert?«

»Nein.« Der Marshal grinste. »Sie machen lange Schritte, Mister Smet.«

»Mein Name ist Coburne, Tyrone Coburne«, sagte ich. »Gestern nannte ich Ihnen einen falschen Namen. Das mache ich immer, wenn ich in eine mir unbekannte Stadt komme und nicht weiß, ob es eine gute oder böse Stadt ist.«

»Und jetzt wissen Sie es, Coburne?« Er fragte es abermals lachend. Überhaupt schien er diese Welt ständig belustigt zu sehen. Aber ich spürte instinktiv, daß er ein Mann war, der einen anderen lachend von den Beinen schießen konnte.

»Es ist eine nette, freundliche und gewiß gute Stadt«, erwiderte ich.

Er sagte nichts mehr, klappte jedoch ein Registerbuch auf und machte darin die notwendige Eintragung.

»Haben Sie einen Ausweis, Coburne?«

»Meinen Entlassungsschein«, erwiderte ich und holte das Papier aus meiner Jackentasche. Er nahm den Schein und las ihn durch.

»Zeigen Sie mir die Narbe, welche hier als besonderes Kennzeichen angegeben ist«, verlangte er.

Ich öffnete mein Hemd und zeigte ihm die Narbe.

»Ein Rebellenlieutenant waren Sie also«, sprach er dann ernst.

»Haben Sie was dagegen?« So fragte ich zurück.

Nun sahen wir uns einige Atemzüge lang fest in die Augen.

»Der Krieg ist vorbei«, sprach er dann. »Und hier in Colorado nahm man ihn nicht besonders zur Kenntnis.«

Er gab mir den Entlassungsschein zurück, machte dann die Eintragung ins Register und gab mir eine Bescheinigung dieser Registrierung.

»Wann bringen Sie die Pferde her?« So fragte er.

»Wenn ich meine Hütte und die Corrals errichtet habe«, erwiderte ich und ging hinaus, um mein Pferd in den Mietstall zu bringen.

Ich hatte Hunger.

Als ich vor dem offenen Stalltor absaß, kam der Stallmann heraus und sagte:

»Sie sollen zum Abendessen zu Miss Kingsley kommen«, sagte er. »Sie hat vorhin einen Jungen hergeschickt. Ich soll Ihnen das ausrichten. Und das Pferd wird bestens versorgt, Mister. Das ist ein echter Criollohengst, nicht wahr? Der kann dreihundert Meilen ohne Pause traben.«

Der alte Stallmann kannte sich also aus.

Ich wurde schon von April erwartet.

Und nach dem Abendessen würde sie mich wahrscheinlich mit den vier maßgebenden Männern dieser Stadt und wahrscheinlich des ganzen Landes bekannt machen. Oder würden es wieder fünf sein?

Ich würde es sehen.

Es war etwa zwei Stunden vor Mitternacht als sie mich zu ihnen an den runden Pokertisch im Nebenzimmer der Spielhalle brachte.

Ja, da saßen vier Männer, von denen jeder beachtlich wirkte. Und eines hatten sie gemeinsam. Es waren ihre Hüte, die sie — wie allgemein üblich — auch hier im Raume trugen, wenn auch weit aus dem Gesicht nach hinten geschoben.

An jedem dieser Hüte war die Krone mit einem Goldband verziert. Und auch die Hüte glichen sich. Ich dachte sofort wieder an jenen Revolvermann in Opal City, den ich in der engen Gasse erschießen mußte, weil er sonst mich erschossen hätte.

Auch er hatte an seinem Hut solch ein goldenes Band.

Ich hörte April neben mir sagen: »Das ist er, Jungs. Das ist Ty Coburne, jener Lieutenant, der mich damals nicht zum Henker brachte. Ihr kennt ja die Geschichte. Ty, dies sind Tom Quigley, Cullen Tyson, Vance Rickman und Ben Bates. Vertragt euch Jungs. Seid nett zu ihm. Oder ihr bekommt es mit mir zu tun.«

Ihre letzten Worte klangen zwar scherzhaft, aber dennoch war in ihrer Stimme ein warnender Klang.

Tom Quiley deutete auf einen leeren Stuhl.

»Nehmen Sie Platz, Coburne. Wollen Sie mitspielen? Dann sind Sie willkommen!«

Sie grinsten alle vier.

Aber April sagte: »Ihr könnt ihn nicht kleinmachen mit Hilfe eures Spielkapitals. Ich stehe hinter ihm mit allem, was ich habe. Ty, laß dich also nicht mit einem guten Blatt aus dem Spiel bieten. Du kannst mithalten, bis in die Hölle und zurück. Aber jetzt muß ich gehen. Drüben warten sie schon auf meinen Auftritt.«

Sie ließ mich mit den vier Männern allein. Ich setzte mich und war mir bewußt, daß ich wahrscheinlich jetzt mit vier zweibeinigen Tigern pokern würde. Irgendwie waren sie sich ähnlich wie Brüder. Doch sie waren keine Brüder.

Ich sagte: »Ich kam her, um eine Pferderanch zu gründen. Also kann ich mir nicht allzuviel Geld von Ihnen abnehmen lassen. − Einige Runden aber werde ich aus Höflichkeit mithalten. Und von April würde ich weder Geld noch eine Bürgschaft annehmen. Damit ist wohl alles klar − oder?«

»Sie scheinen ein stolzer Mann zu sein, Texaslieutenant.« Vance Rickman grinste zu mir herüber und teilte dann die Karten aus.

»Und Sie sind hier ganz zufällig auf April gestoßen?« So fragte Cullen Tyson, als wir unsere zugeteilten Karten aufnahmen.

»Völlig unerwartet«, erwiderte ich. »Niemals hätte ich geglaubt, sie einmal wiederzusehen.«

»Und damals ließen Sie April wirklich nicht nur deshalb laufen, weil sie sich von Ihnen vernaschen ließ?« Ben Bates fragte es grob.

Ich sah ihn fest an. »Nein«, sprach ich dann. »Und jetzt stellt mir keine Fragen mehr. Wenn es euch nicht paßt, daß April und ich . . .«

»Schon gut, schon gut, spielen wir lieber«, unterbrach Bates mich.

Und das taten wir nun auch bis gegen Mitternacht.

Ich gewann manchmal etwas, so daß ich bisher ohne Verluste blieb.

April kam herein. Sie hatte ihre Auftritte gehabt und sich auch um ihr Amüsiergeschäft gekümmert.

Sie setzte sich zu uns an den Tisch und fragte: »Haben sie dich freundlich behandelt, Ty?«

Ich sah sie ernst an. »April, ich brauche deine Protektion nicht. Du mußt mich vor diesen Tigern nicht beschützen. Laß es sein!«

»Er ist ein stolzer Bursche, April«, lachte Tom Quikley. »Du mußt ihn nicht vor uns beschützen. Wir ließen ihn dann und wann eine Runde gewinnen. Er kam nicht zu Schaden.«

»Willst du ihn jetzt mitnehmen?« Cullen Tyson fragte es scheinheilig freundlich und verständnisvoll. Aber es war eine hinterhältige Frage. Denn wenn sie mich jetzt zum Mitkommen aufgefordert hätte und ich gehorchen würde, dann wäre mir ihre ganze Verachtung sicher gewesen.

Nun aber lachte sie mit einem Klang von Nachsicht in der Stimme.

»Ihr könnt es nicht lassen«, sprach sie. Dann sah sie mich an, und ich wußte, sie würde oben in ihrer Wohnung auf mich warten.

Als sie ging, da sahen sie mich alle vier schweigend an. Ich spürte ihre Härte und Gefährlichkeit.

»Sie ist sehr dankbar, Coburne«, sprach Ben Bates dann langsam. »Und wir respektieren das. Spielen wir weiter? Oder juckt es Sie, Coburne, weil Sie zu ihr hinaufwollen?«

Ich war dran mit Kartengeben. Und so nahm ich das Päckchen und begann zu mischen.

Wieder war mir bewußt, daß sie alle vier goldene

Hutbänder trugen, geflochten aus Goldfäden, richtige Kunstwerke eines Goldschmieds.

Und jener Bursche damals in Opal trug auch solch ein Hutband. Wenn er ihr fünfter Mann gewesen war, dann waren sie Killer. Und weil das hier ihre Stadt war, sollte sie nicht Amity City, sondern Killer City heißen. O verdammt, ich war mir plötzlich sicher, daß ich hier den Ausgangspunkt allen Übels gefunden hatte. Von hier ging das Böse aus, das im ganzen Land immer wieder zuschlug und dem auch Leslies Mann zum Opfer fiel, weil er nicht verkaufen wollte.

Überhaupt Leslie . . .

Wollte ich ihr immer noch helfen, sie vor weiteren Anschlägen beschützen, indem ich den Ausgangspunkt des Bösen fand und zerstörte?

Was war mit April Kingsley los? Gehörte auch sie zu diesen Bösen? Wußte sie über alles Bescheid, und unterstützte sie es?

Viele Fragen waren in meinen Gedanken, indes ich die Karten austeilte. Und weil ich mich nicht mehr auf das Spiel konzentrierte, verlor ich dieses Spiel, weil ich nicht schnell genug paßte. Es kostete mich fünfzig Dollar.

Und so warf ich die Karten hin und sagte: »Ich brauche mein Geld für meine zukünftige Pferderanch. Deshalb höre ich besser auf. Ich kann mit euch nicht mithalten. Und da ich nichts gewonnen habe, kann ich wohl aufhören, ohne jemandem Revanche geben zu müssen.«

Ich erhob mich.

Aber bevor ich ging, sagte ich: »Ihr habt alle wunderschöne Hutbänder. Ist das richtiges Gold?«

Sie lachten. Dann deutete Vance Rickman auf meinen Rebellenhut und sprach grinsend: »Sie tragen doch auch eine goldene Kordel um Ihren Rebellen-hut, Coburne, nicht wahr?«

»Aber diese Kordel ist nicht aus Gold«, erwiderte ich und ging.

Drüben im Saloon nahm ich noch einen Drink an der Bar und überlegte noch einmal alles.

Dann sah ich den Trödler Abe Highman herein-kommen. Er trug etwas unter dem Arm, was nicht zu erkennen war, weil es von einem Tuch verhüllt wurde. Doch ich ahnte, was es war. Es mußte der goldene Nachttopf sein.

Einige Gäste an der Bar begrüßten ihn wie einen alten Bekannten. Einer fragte, was er da bei sich trüge. Und ein anderer fragte, ob es ein Kopf wäre, denn es müßte wohl ein ziemlich rundes Ding sein.

Da hüllte er den Nachttopf aus und stellte ihn auf die Bar.

Sie alle staunten. Und es kamen noch mehr hinzu.

»Das ist der goldene Nachttopf einer Gräfin«, erklärte er ihnen. »Ich erstand ihn von einer Siedler-frau, die ihn aus Europa mitbrachte, ich glaube aus Germany. Nun will ich ihn unserer hochverehrten Amity City Queen verehren, hihihi!«

Er war ganz offensichtlich schon ziemlich betrun-ken. Aber sie alle lachten mit ihm und fanden seine Idee wunderbar. Sie lachten und riefen durcheinan-der.

Er bekam nun seinen Drink und kippte ihn her-unter wie Wasser.

»Dann will ich mal . . .« Er grinste und packte das Nachtgeschirr wieder ein. Er zahlte nicht für seinen Drink und steuerte zur Hintertür, die auf den Hof führte. Doch vom Hof aus führte eine Außentreppe hinauf in das obere Stockwerk und zu April Kings-leys Wohnung.

Ich folgte ihm in einigem Abstand. Irgendwie paßte es mir nicht, daß er zu April Kingsley wollte mit dem vergoldeten Topf. Er war betrunken und konnte ihr gegenüber vielleicht unangenehm werden. Aber es war nicht Besorgnis, eher Neugierde, die mich ihm folgen ließ. April konnte sich gegen Männer gewiß wehren. Es war ein instinktives Gefühl in mir, dem ich gehorchte.

Als ich im Hof den Fuß der Außentreppe erreichte und mich unter ihr verborgen hielt, da hörte ich ihn oben auf dem Treppenabsatz an das Fenster neben der Tür klopfen.

Dann wurde das Fenster geöffnet. Aprils Stimme fragte ein wenig ärgerlich: »Bist du das endlich, Ty?«

Sie hatte mich erwartet, doch nun hörte sie Abe Highmans Stimme erwidern: »Ich bin es, mein Engelchen, ich nur. Und ich brachte dir ein hübsches Geschenk mit, hihihi! Die genauen Anweisungen an euch alle habe ich aufgeschrieben. Der Zettel liegt im Topf. Hier, nimm ihn!«

Offenbar reichte er ihr den Topf durch das Fenster hinein.

Dann kam er wieder die Treppe abwärts.

Ich machte mich davon, denn er sollte mich nicht sehen.

Und seine Worte gingen mir immer wieder durch den Kopf.

»Die genauen Anweisungen an euch alle habe ich aufgeschrieben. Der Zettel liegt im Topf. Hier nimm ihn.«

Das waren seine Worte. Und seine Stimme klang nicht mehr trunken.

Verdammt, was war das?

Er sprach von Anweisungen, und das sind ja irgendwie so etwas wie Befehle.

Ich verharrte in einem Winkel des Hofes und lehnte mich gegen die Wand eines Schuppens.

Wer war dieser Trödler Abe Highman wirklich?

Als Trödler zog er im Land umher, unverdächtig vermochte er sich für alles zu interessieren, was im Land vorging, was war und in Gang kam. Einem Mann wie ihm entging nichts. Er kannte sie alle und war überall Auge und Ohr.

Und dann kam er offenbar zu April Kingsley und übergab dieser irgendwelche Anweisungen, die Befehle waren. Niemand konnte ihn in Verbindung zu den Männern mit den goldenen Hutbändern bringen. Er blieb für alle ein stets etwas betrunken wirkender Trödler, der harmlos im Land umherzog.

Ich bekam nun immer mehr Witterung von einem großen Spiel, welches wahrscheinlich ein gnadenloses Mörderspiel war.

Und dann war Amity City wirklich eine Killer City.

10

Ich folgte Abe Highman unauffällig, nachdem ich ihm einen großen Vorsprung ließ. Er verschwand in einer kleinen Pension am Ende der Stadt, wo er offenbar wohnte. Denn sein Trödlerwagen stand hinter dem Haus.

Ich ging zurück und klopfte wenig später an Aprils Fenster neben der Tür, so wie Highman es auch getan hatte.

Sie öffnete und sprach: »Kommst du endlich?«

Aber als sie mich dann in ihre Wohnung ließ, da

kam sie in meine Arme. Sie trug schon ihren Morgenrock und hatte nichts mehr darunter. In mein Ohr flüsterte sie:

»Ich trete diese Nacht nicht mehr auf dort unten bei den brüllenden und betrunkenen Kerlen. Diese zweite Nachthälfte bis zum Frühstück gehört uns.«

Sie löste sich von mir und trat zu dem kleinen Tisch, auf dem die Flaschen und Gläser standen. Sie füllte die Gläser und kam wieder zurück.

Und ich verfiel wieder ihrem Zauber. Sie strömte ja so gewaltig viel aus, war voller Feuer und Begierde.

Und warum sollte ich mir nicht nehmen, was sie mir anbot?

Ja, auch ich war verrückt nach ihren Zärtlichkeiten. Selbst einen Heiligen hätte sie zu einem normalen Menschen gemacht mit all seinen Schwächen, die ja eigentlich von der Schöpfung so gewollt sind.

Denn wie sonst könnte sich die Menschheit auf unserer Erde vermehren, wenn sie nicht jene Wünsche spüren würden, denen schon Eva und Adam nachgaben?

Es war gegen Ende der Nacht, und durch das Fenster konnte ich am Himmel das erste Grau erkennen. Der Tag würde bald die Nacht vertreiben. Bald brach jene Stunde an, während der es auf unserer Erde keine Farben gibt.

April Kingsley schlief fest neben mir. Ihr Feuer und ihr Hunger nach Zärtlichkeit waren für eine Weile nicht mehr vorhanden. Sie hatte alles gegeben, was sie geben konnte, und genommen, was ich zu geben vermochte.

Auch ich war erschöpft, und normalerweise hätte auch ich jetzt bis lange nach Sonnenaufgang geschlafen.

Doch ich wollte den goldenen Topf sehen, in dem ein Zettel liegen sollte.

Ich rollte mich vorsichtig aus dem Bett und fand das Ding darunter, so wie es ja bei jedem Nachtgeschirr üblich war.

Drinnen lag wirklich ein zusammengefaltetes Papier wie ein Brief, für den man noch keinen Umschlag fand.

Nackt wie ich war, trat ich mit dem Papier ans Fenster und entfaltete es. Dabei lauschte ich auf Aprils Atemzüge. Doch die veränderten sich nicht, blieben tief und regelmäßig. Ja, sie schlief fest, war gewissermaßen in bodenlose Tiefen gesunken, aus denen sie erst langsam und sehr viel später wieder aufsteigen würde.

Das erste Grau, welches durch das Fenster fiel, reichte aus, um lesen zu können, was Abe Highman für Anweisungen oder Befehle aufgeschrieben hatte.

Mühsam las ich im grauen Licht des aufziehenden Morgens

1. *Quigley muß nach Smoky Hill reiten und die Sache endlich erledigen.*
2. *Tyson muß den Anführer der Siedler abschießen.*
3. *Die Gloria-Mine im Gloria-Canyon fördert jetzt gewinnbringend Gold. Es darf nicht gewartet werden, bis sie die Kredite der Bank zurückzahlen kann.*

Es folgten dann noch mehr Anweisungen und Hinweise.

Aber eigentlich interessierte mich nur die erste.

Quigley sollte Leslie Carrington und deren Post-

und Frachtlinie erledigen. Das aber konnte doch wohl nur Mord an Leslie bedeuten.

Ich tat das Papier wieder in den Topf und schob diesen unter das Bett.

Als ich mich dann zu April legte, da rollte sie sich im Schlaf dicht an mich. Aber ich vermochte sie nicht mehr in meine Arme zu nehmen, um ihren Körper, ihre Wärme und ihren Herzschlag zu spüren.

Plötzlich war alles anders geworden.

Sie war immer noch so gefährlich wie damals, als man sie hängen wollte, weil sie der Konföderiertenarmee als Spionin großen Schaden zufügte. Das Kriegsgericht hatte sie gnadenlos zum Tode verurteilt. Ein sogenannter ›Verlorener Haufen‹ hatte sie damals befreit.

Ich mußte die Verfolgung aufnehmen und kämpfte sie alle mit meinen Reitern nieder und verlor selbst welche von ihnen.

Dann aber, als ich sie endlich eingeholt und gestellt hatte, da ließ ich sie laufen. Verrückt mußte ich gewesen sein. Und überdies hatte ich auch meine Pflicht aufs gröbste vernachlässigt. Ich hatte gewissermaßen meine Flagge verraten, der ich als Offizier diente. Die Ausstrahlung der schönen Frau hatte mich hypnotisiert.

Sie hatte mich mit ihrer Schönheit und Hilflosigkeit zum Narren gemacht. Und sie hatte mir auch geschworen, nie wieder für die Unionsarmee zu spionieren.

Vielleicht hatte sie sogar ihr Wort gehalten.

Doch sie war eine gefährliche Viper geblieben.

Mit einer ganzen Bande von Galgenvögeln und einem Haufen Geld war sie nach Amity City gekommen und hatte mit ihren Partnern begonnen, zuerst eine Stadt und danach ein ganzes Land unter Kontrolle zu bekommen.

Sie waren Killer, die sich ein Imperium schaffen wollten.

Ich begriff es endlich richtig, indes ich neben ihr lag und ihren Atem hörte. Sie schlief tief und fest, so als hätte sie ein reines Gewissen und müßte sich nicht vor der Hölle fürchten.

Denn in die Hölle würde sie kommen, gäbe es im Jenseits eine ausgleichende Gerechtigkeit. Dort würde ihr ihre Schönheit und Ausstrahlung nichts nützen.

Was sollte ich tun?

Nun, das war ganz einfach.

Ich mußte mich verstellen, ihr etwas vorspielen, so als hätte sich in mir ihr gegenüber nichts geändert. Ich mußte diese Bande erledigen, Mann für Mann und zuletzt auch April Kingsley.

War dieser Trödler Abe Highman der Kopf der gierigen Bande?

Es war anzunehmen.

Jetzt erst wurde mir klar, wie gefährlich er war.

Meine Gedanken rasten nun tausend Meilen in der Sekunde.

Und Leslies Bild stand wieder klar vor meinem geistigen Auge.

Ich wußte, April Kingsley hatte nun keine Macht mehr über mich.

Als die Sonne ihre ersten Strahlen in das noble Schlafzimmer warf, da erhob ich mich und kleidete mich an.

April erwachte und blinzelte vom Bett zu mir herüber.

»He, was tust du da?« fragte sie nach einer Weile. »Sehe ich richtig, daß du dich ankleidest? Was hast

106

du vor? Willst du nicht mit mir frühstücken? Komm zurück ins Bett. Es ist erst in zwei Stunden Zeit für unser Frühstück. Na los, komm! — Verdammt, was hast du vor?«

Nun war sie richtig wach, und ihre Stimme klang zuletzt ziemlich ärgerlich, fast schon böse.

Ich erwiderte, indes ich mir die Stiefel anzog: »Blauauge, du erinnerst dich gewiß daran, daß ich nicht dein Prinzgemahl sein will. Das machte ich von Anfang an klar — oder? Du erinnerst dich gewiß auch daran, daß ich eine Pferderanch gründen will. Also muß ich in Gang kommen. Ich muß eine Hütte, Corrals, einen Stall und eine Scheune bauen. Ich habe eine Menge einzukaufen und auch sonst zu tun. April, du hast dir einen Mann geangelt, der alleine etwas auf die Beine stellen will. Ich werde einige Tage wegbleiben. Aber irgendwann komme ich wieder, glaub es mir.« Sie setzte sich langsam auf und zog die Bettdecke bis zum Kinn herauf.

Einige Atemzüge lang starrte sie mich an.

»Ach ja«, murmelte sie dann, »ich vergaß deinen Stolz. Und gestern am Pokertisch werden sie dich auch geärgert haben. Du willst dir und allen beweisen, daß du dir die Freiheit deiner Entscheidungen behalten hast. Und dabei hatte ich gehofft, daß du bald zu uns gehören würdest. Das Land ist groß und weit und voller Gelegenheiten. Na gut, dann bau dir deine Pferderanch in einem kleinen Seitental. Doch sei nicht so sicher, daß ich dich noch mal reinlasse hier, wenn du mich zu lange warten läßt. Auch ich habe meinen Stolz. Vielleicht kann ich deshalb deinen verstehen. Geh nur! Nein, komm nicht her! Ich will gar nicht versuchen, dich wieder ins Bett zu ziehen. Hau ab! Aber du wirst von mir träumen, das weiß ich genau.«

Sie legte sich wieder lang hin und zog die Bettdecke über ihr Gesicht.

Ich verharrte einige Atemzüge lang und versuchte meine Gedanken und Gefühle unter Kontrolle zu halten. Ja, ich verspürte einen Moment lang sogar ein bitteres Bedauern. Denn ich würde die beiden Nächte mit ihr niemals vergessen können.

Jetzt war alles anders geworden.

Wenn ich nochmals eine Nacht mit ihr verbringen sollte, dann würde ich heucheln müssen. Oder konnte es sein, daß sie mich erneut in Flammen versetzte und ich alles zu vergessen vermochte?

Ich warf mir den Waffengurt mit dem schweren Colt um die Hüften, schnallte ihn fest und band auch die Halfter am Oberschenkel fest.

Dann nahm ich meinen Hut und ging.

An der Tür sah ich noch einmal zurück.

Aber sie rührte sich nicht unter der Decke, zeigte mir ihr Gesicht nicht mehr.

O ja, sie hatte ebenfalls ihren Stolz.

»Ich komme wieder«, sagte ich und ging.

Natürlich mußte ich weiterhin meine Rolle spielen.

Und so frühstückte ich in einer Speiseküche und ging dann zum General-Store, um alles an Werkzeugen und Ausrüstung zu bestellen, was ich für den Bau einer Hütte, einiger Corrals und für das Leben und Arbeiten in jenem Blaugrastal benötigen würde. Die Stadt war wieder erwacht. Und wie stets am Morgen wirkte sie friedlich, freundlich und arbeitsam.

Marshal Jones Beam, der mich bei seinem Anblick irgendwie stets an einen gelben Wüstenwolf der Apachenwüste denken ließ, begegnete mir.

»Na, geht's bald los?« So fragte er. Gewiß hatte er schon erfahren von meinen Bestellungen und Einkäufen im General-Store.

»Ja, ich komme in Gang«, erwiderte ich.

Im Mietstall ließ ich mir mein Pferd geben und ritt aus der Stadt.

Eine knappe Meile weiter im Canyon bezog ich einen günstigen Beobachtungspunkt, um zu warten. Es war ja alles ganz einfach vorauszusehen.

Tom Quigley mußte kommen, wollte er nach Smoky Hill reiten, um Leslie etwas anzutun, was die Carrington Post- und Frachtlinie endgültig vernichten sollte. Dies konnte nur ihr Tod bewirken.

Und so war Tom Quigley als Mörder unterwegs.

Indes ich also in guter Deckung wartete, überdachte ich noch einmal alles.

Der angebliche Trödler Abe Highman war der Spion und Tipgeber. Er zog im Land umher und verschaffte sich den großen Überblick. Dann kam er nach Amity City und gab seine Anweisungen, die nichts anderes als Aufträge zum Mord waren.

Die Killer kamen jede Woche einmal nach Amity, angeblich, um Poker zu spielen. Sie galten als erfolgreiche Geschäftsleute, und daß sie alle die gleichen goldenen Hutbänder trugen, galt wohl den Bürgern von Amity als Marotte oder als das Abzeichen eines Pokerclubs.

Aber sie kamen in Wirklichkeit her, um von April Kingsley die Befehle in Empfang zu nehmen, die Abe Highman erteilte.

Ich hatte den Zettel im Nachttopf ja gefunden und darauf lesen können, was Highman anordnete.

Er war also der Boß.

Ursprünglich waren es fünf Killer. Aber einen hatte ich in der engen Gasse der kleinen Stadt Opal erschossen. Er war offenbar als Leibwächter des fetten McClusky abgestellt worden. Wahrscheinlich lösten sie einander ab.

Überhaupt Earl McClusky . . .

Er fehlte ihnen jetzt gewiß sehr. Denn wer sollte nun als Makler auftreten, als Aufkäufer der Unternehmen, Geschäfte und Immobilien, deren Besitzer und Inhaber sie unter Druck setzten. Offenbar gehörte ihnen auch die Amity-City-Bank, mit deren Hilfe sie besonders viel Druck ausüben konnten.

Ich rief mir noch einmal alles, was auf dem Zettel stand, Wort für Wort in Erinnerung zurück. Und so konnte ich es leise wie ein böses Gedicht aufsagen:

»Erstens: Quigley muß nach Smoky Hill reiten und die Sache endlich erledigen. Zweitens: Tyson muß den Anführer der Siedler abschießen. Drittens: Die Gloria-Mine im Gloria-Canyon fördert jetzt gewinnbringend Gold. Es darf nicht gewartet werden, bis sie die Kredite der Bank zurückzahlen kann.«

Ich verstummte heiser, denn die Ungeheuerlichkeit der ganzen Geschichte war mir jetzt noch stärker bewußt. Ich würde wahrscheinlich den Anführer der Siedler — Abe Highman hatte ja das Siedlerland besucht, angeblich, um dort Töpfe, Pfannen und anderen Trödlerkram zu verkaufen — nicht retten können, wenn dieser Tyson seinen Mordauftrag schnell erledigte. Ich konnte ja nicht zur gleichen Zeit zwei Morde verhindern, denn ich hätte mich teilen müssen.

Leslie stand bei mir an erster Stelle. Sie wollte und mußte ich vor dem Bösen bewahren.

Indes ich also wartete und mir das alles durch den Sinn ging, kam ein grimmiger und gnadenloser Zorn in mir hoch. Aber ich wußte, ich durfte mich von ihm nicht beherrschen lassen, denn er würde mich zu einer Art blindwütigen Berserker machen, der in seiner Wut in Raserei geriet. Ich mußte kalt und beherrscht bleiben.

Ich dachte auch über die Gründe nach, die die Bande dazu gebracht hatte, so zu werden, wie sie jetzt war, nämlich eine rücksichtslose Horde, die durch Morden und Rauben zu Macht und Reichtum kam und immer gieriger wurde, je weiter sie kam.

Sie alle mußten damals durch den Krieg verdorben worden sein. Schon während des Krieges mußten sie gemordet und geplündert haben. Vielleicht waren sie Exguerillas. Und April Kingsley hatte als Spionin zu ihnen gehört.

Jetzt führten sie immer noch Krieg.

Eine halbe Stunde verging, dann eine ganze Stunde.

Ich wartete immer noch und wurde von Minute zu Minute ungeduldiger.

Verdammt, warum kam Quigley nicht? Wenn er nach Smoky Hill wollte, dann mußte er durch den Amity Canyon nach Osten. Er mußte hier bei mir vorbeikommen.

Warum also kam er nicht?

Der Wagenweg durch den Canyon war nur schwach belebt. Ein paar Reiter und einige Wagen kamen in beiden Richtungen unterhalb meines Standorts vorbei.

Die Carrington Post- und Frachtlinie hatte in Amity City kein Niederlassungsrecht erhalten. Deshalb kamen von Leslie keine Postkutschen oder Frachtwagen in den Canyon. Amity City wurde von anderen Frachtgesellschaften versorgt. Und auch die Postkutschen kamen von der Kansas-Santa Fe-Linie herüber.

Meine Ungeduld konnte nicht mehr größer werden.

Aber dann endlich sah ich ihn kommen.

Sein goldenes Hutband funkelte in der Sonne. Sonst war er schwarz gekleidet. Auch sein Pferd war schwarz. Ich erinnerte mich wieder an jenen Banditen, der die Postkutsche angehalten und dann einen der Passagiere erschossen hatte, auch an McCluskys Leibwächter, der mir in Opal gefolgt war und den ich in der engen Gasse töten mußte. Sie waren beide gewiß eine Person und somit der jetzt fehlende Mann in ihrem Quintett.

Gewiß vermißten sie ihn und McClusky inzwischen schon und versuchten deren Verschwinden aufzuklären. Der Trödler Abe Highman würde bald wieder unterwegs sein.

Tom Quigley kam nun unter meinem Versteck vorbeigeritten. Ich befand mich auf einer kleinen Terrasse im Südhang des Canyons zwischen Felsen und hohen Büschen.

Er konnte mich nicht sehen, selbst wenn er zu mir heraufgesehen hätte.

Ich wartete, bis er vorbei war und etwa eine halbe Meile Vorsprung besaß.

Dann ritt ich hinunter und folgte ihm. Außer mir ritten noch andere Reiter durch den Canyon. Selbst wenn er sich umsah, würde er keinen Verdacht schöpfen. Ich durfte ihm nur nicht zu nahe kommen, daß er mich erkennen konnte.

Doch irgendwo, wo wir allein und ganz unter uns waren, würde ich ihn stellen.

Ich hatte eine Menge Fragen an ihn, und ich glaubte, daß er sie mir beantworten würde.

11

Der Canyon war lang, fast zwanzig Meilen. Und so wurde es später Nachmittag, als Tom Quigley vor mir aus dem Cancon ritt und den Hauptweg verließ, um in Richtung Smoky Hill zu reiten. Bis dorthin waren es mehr als achtzig Meilen weit vom Ende des Amity Canyons aus.

Der Weg war nun schmal, es war mehr ein Reitpfad, denn ein Wagenweg.

Ich wußte, Quigley würde bald an einer Wasserstelle eine Pause machen. Er konnte nicht bis Smoky Hills durchreiten. Denn von Amity City bis Smoky Hills waren es mehr als hundert Meilen, und er war ja von Amity bis zum Canyon-Ende über zwanzig Meilen geritten.

Weit und breit war niemand zu sehen. Nur am Himmel kreisten einige Raubvögel.

Das Land fiel nach Osten zu ab. Es gab felsige Hügel und tiefe Senken. Es war ein Land mit tausend verborgenen Winkeln. Weiter im Osten ging es in die Kansas-Prärie, über in das Büffelland, wo Dutzende von Büffeljägermannschaften mit dem Büffelmord beschäftigt waren.

Ich sah einen Adler hochsteigen, der in seinen Krallenfängen eine sich windende Schlange hielt. Er stieg mit ihr hoch in die Luft und ließ sie dann fallen. Ich konnte nicht sehen, wohin sie fiel, doch ich war sicher, daß sie auf einen Felsen knallte.

Der Adler folgte ihr im Sturzflug. Und dann stieg er wieder mit ihr empor, ließ sie abermals fallen.

Ich dachte bei mir: So ist diese Welt. Und dennoch hat wohl alles seinen Sinn. Jäger und Gejagte, Fresser und Gefressene. Und der Wolf frißt stets das wehrlose Schaf. Nur eine starke Gemeinschaft kann die Schwachen schützen. Doch das betrifft wohl nur uns Menschen.

Ich ritt nun immer vorsichtiger.

Als ich an den Rand einer Senke kam, blickte ich hinunter auf einen kleinen See, der von einem Creek stetigen Zufluß hatte und diesen Creek auch wieder abfließen ließ.

Unten hockte Tom Quigley auf einem Stein und warf kleine Steine ins Wasser. Sein Rappe graste nicht weit von ihm und hatte wahrscheinlich schon den See als Tränke benutzt.

Sie boten ein friedliches Bild.

Als ich hinunterritt, hörte er mich kommen und blickte über die Schulter.

Gewiß erkannte er mich sofort, denn die Entfernung von mir zu ihm betrug kaum mehr als hundert Yard.

Er erhob sich mit einer geschmeidigen Bewegung vom Stein und rückte seinen Revolver zurecht.

Bewegungslos erwartete er mich.

Es war alles plötzlich ganz einfach und klar.

Ich ritt bis auf etwa zwanzig Yard heran, hielt dann an und saß ab. Langsam näherte ich mich ihm und hörte seine Frage:

»Warum bist du mir gefolgt, Coburne?«

Ich hielt erst etwa zehn Schritte vor ihm an. Dann erwiderte ich:

»Quigley, wie hieß euer fünfter Mann mit dem Goldband am Hut?«

Er grinste.

»Blake Jenkins«, erwiderte er dann.

»Ich mußte ihn erschießen, und auch der fette Earl McClusky ist tot. Die machen bei euch nicht mehr mit. Ist Abe Highman euer Boß? Oder ist es gar die schöne April Kingsley, die ich damals entkommen ließ, weil ich glaubte, daß sie zu schön für den Galgen wäre?«

Er grinste. »Sie wollte dich auf unsere Seite bringen. Aber daraus wurde wohl nichts. Du stehst schon auf einer anderen Seite — auf welcher?«

Ich schüttelte leicht den Kopf. Dann sprach ich: »Ich konnte Highmans Anweisungen lesen, die ja für euch Befehle sind. Er hatte sie auf ein Stück Papier geschrieben und April in einem vergoldeten Nachttopf überreicht. Er stand dann unter dem Bett, in dem ich mit April lag. Wann wird Tyson losreiten, um den Anführer der Siedler abzuschießen?«

»Aaah, Tyson ist schon unterwegs.« Quigley grinste. Und dann fragte er: »Und du glaubst, daß du mich jetzt schlagen kannst mit deinem schnellen Colt?«

»Ich habe auch Blake Jenkins geschlagen in Opal«, erwiderte ich.

Er verharrte einen Moment schweigend. Sicherlich schossen ihm nun eine Menge Gedanken durch den Kopf.

Weil er schwieg, sprach ich weiter: »Du wirst Leslie Carrington nichts antun können, Quigley. Die Carrington Post- und Frachtlinie werdet ihr nicht bekommen. Und wenn ich mit dir fertig bin, kehre ich nach Amity City zurück und nehme mir die anderen vor.«

Nun wußte er Bescheid, und es war ihm endgültig klar, daß er kämpfen mußte. Er zauberte seinen Revolver heraus, doch so schnell er auch war, für mich war er nicht schnell genug. Ich traf ihn, bevor er auf mich abdrückte. Und so stieß ihn meine Kugel. Deshalb verfehlte mich sein heißes Blei, zupfte nur an meinem linken Hemdsärmel.

Dann fiel er.

Als ich bei ihm stand, rollte er sich stöhnend auf den Rücken und sah zu mir hoch.

»Du kannst nicht alle von uns schaffen. Einer von uns wird dich erledigen. Darauf würde ich alles wetten. Aber leider kann ich das jetzt nicht . . .«

Er sprach nicht weiter. Denn plötzlich war er tot.

»Nein, du kannst nicht mehr um alles oder nichts wetten«, murmelte ich. »Du kannst jetzt nur noch mit den Teufeln in der Hölle wetten.«

In mir war tiefste Bitterkeit.

Aber was sollte ich tun? Ich befand mich mitten in einem Mörderspiel und konnte nicht aufhören und weglaufen.

Ich mußte nach Amity City zurück. Und zuvor mußte ich in das Siedlerland. Vielleicht vermochte ich diesen Tyson aufzuhalten.

Doch zuerst mußte ich Tom Quigley verschwinden lassen. Niemand sollte ihn jemals finden können. Seinen Rappen würde ich absatteln und ohne Zügel und Kandare davonjagen. Vielleicht konnte er sich einer Wildpferdherde anschließen. Er war ein prächtiger Hengst und konnte durchaus der Leithengst solch einer Wildpferdherde werden, wenn er lange genug in Freiheit war.

Es war Nacht geworden. Was zu erledigen war, hatte ich verrichtet.

Ich ritt wieder zum großen Maul des Amity Canyons zurück.

Mein Pferd, dieser unscheinbare und ziemlich häßliche Hengst, zeigte noch keine Müdigkeit. Ja, er war ein echter Criollo.

Es wurde eine helle Nacht. Nach etwa zehn Meilen erreichte ich im weiten Canyon den engeren Quercanyon, der in die Täler des Siedlerlandes führte. Ich hatte mir das auf der Karte angesehen, als ich beim Marshal von Amity City mein Squatterrecht registrieren ließ.

Überhaupt dieser Marshal Jones Beam . . .

Auf welcher Seite stand er wohl?

Wußte er Bescheid, oder war er ahnungslos?

Es konnte durchaus sein, daß er sich arrangiert hatte mit der Bande um April Kingsles und Abe Highman, ja, daß er nur Marshal von ihren Gnaden war.

Ich ritt in den Quercanyon hinein. Nun war ich voller Sorge, daß ich zu spät kommen könnte. Die Müdigkeit war nun wie Blei in meinen Gliedern. Ich hatte ja auch in der vergangenen Nacht bei April im Bett nicht viel geschlafen.

Als es Tag wurde, da öffnete sich das immer breiter werdende Canyonende und wurde zu einer Ebene.

Und hier sah ich die erste Siedlerhütte. Sie war noch primitiv. Aber es gab auch schon eine Scheune, einen Stall und einige Corrals.

Rings um die Hütte waren Äcker und Felder. Dieser Siedler hier hatte zuerst das Land umgebrochen und für Ernten gesorgt, dann erst für die Unterkunft seiner Familie.

Die Ernten würden gut sein. Ich konnte es erkennen.

Und nun begriff ich, daß die Siedler nach der Ernte gewiß ihr Darlehen an die Amity-City-Bank würden zurückzahlen können, zumindest aber die Zinsen.

Ihre Arbeit würde sich also gelohnt haben.

Ich ritt auf die Siedlerstätte zu. Bald würde es eine richtige Farm sein, deren Wert ständig stieg. Als ich vor die Hütte ritt, trat ein Mann heraus, der ein Gewehr in den Händen hielt. Er trug über dem Unterzeug nur seine Hose und stand barfuß auf der Erde. Mißtrauisch sah er zu mir hoch.

Ich zeigte ihm meine Handflächen. Dann fragte ich: »Wer ist euer Anführer? Ich muß zu ihm.«

»Was wollen Sie von ihm?« So fragte der Siedler mißtrauisch. Er hielt nun sein Gewehr im Hüftanschlag, hatte den Kolbenhals umklammert und den Finger am Abzug.

»Jemand will ihn umbringen«, erwiderte ich. »Ich will ihn warnen. Also, wo finde ich ihn? Und wie ist sein Name?«

»Sind Sie ein US Marshal?« fragte der Siedler.

Ich schüttelte den Kopf.

Dann sprach ich: »Eine Bande in Amity City will, daß ihr Siedler führungslos werdet. Die Bank wird euch die Darlehen kündigen. Ihr habt das Land wertvoll gemacht und könnt bald eure erste Ernte einbringen. Man will euch zum Teufel jagen. Wer also führte euch hierher und ist immer noch euer Anführer?«

Er schwieg und zögerte.

»Mann«, sprach ich bitter, »wenn ich der Killer wäre, dann wüßte ich, wo ich euren Anführer finden könnte. Dann brauchte ich dich nicht nach ihm zu fragen – oder?«

Das leuchtete ihm ein.

Und so senkte er den Gewehrlauf und sprach: »Drei Meilen weiter. Dann die Abzweigung des Weges nach rechts. Nach einer weiteren Meile sehen Sie die Hütte von Jeff Bannack inmitten der Äcker und Felder. Er war damals im Krieg unser Master-

Sergeant. Und er führt uns immer noch an. Wir kämpften für die Union. Und jetzt frage ich mich, ob man einem Texaner trauen kann?«

Ja, er hatte an meiner Sprechweise längst erkannt, daß ich Texaner war, nicht nur an meinem Rebellenhut mit der goldenen Kordel. Und so strömte sein Mißtrauen immer noch gegen mich.

»Der Krieg ist vorbei«, erwiderte ich.

Dann ritt ich weiter. Es waren also nur noch etwa vier Meilen bis zu jenem Jeff Bannack, der die Siedler herführte. Sie alle waren also offenbar Kriegsveteranen, die sich etwas schaffen wollten — nicht zuletzt für ihre Nachkommen.

Und weil er sie als Master-Sergeant schon mehr oder weniger angeführt hatte, war er auch jetzt ihr Anführer.

Ich schnalzte meinem Hengst zu. »Na lauf, mein Teufel«, sagte ich heiser auf ihn nieder, »lauf noch ein Stückchen. Dann kanst du dich ausruhen.«

Er wieherte willig und begann wieder zu traben.

Meine Gedanken jagten sich wieder. Denn es konnte sein, daß dieser Cullen Tyson längst schon irgendwo auf der Lauer lag. Mit einer Buffalo Sharps konnte er auf mehr als dreihundert Yard einen Mann treffen, der aus der Tür seiner Hütte ins Freie trat, um sein Tagewerk zu beginnen.

Ja, so konnte es ablaufen. Denn sie alle, die diese goldenen Hutbänder trugen, waren gemeine Killer.

Ich erreichte dann die Abzweigung des Weges und war schon an zwei Siedlerstätten vorbeigeritten.

Nun sah ich im noch ziemlich grauen Morgen Jeff Bannacks Hütte inmitten der Felder, welche umgeben wurden von einigen flachen, bewaldeten Hügeln.

Ich wich vom Weg ab und wollte an der Basis der rechts von mir befindlichen Hügel entlang. Auch hier gab es Bäume und Büsche.

Und dann sah ich das schwarze Pferd zwischen den Bäumen. Es war zwar gut verborgen, doch für einen Moment konnte ich es durch eine Lücke im Grün erkennen.

Ja, dort stand ein Rappe. Offenbar ritten sie alle Rappen, so wie sie alle diese Hutbänder und schwarze Kleidung trugen.

Cullen Tyson mußte oben auf dem Hügel liegen, wahrscheinlich hinter einer Buffalo Sharps. Wenn das so war, dann wartete er darauf, daß Jeff Bannack aus seiner Hütte trat.

Ich lenkte meinen Hengst hinüber und saß neben dem Rappen ab, ließ die Zügelenden einfach fallen und machte mich auf den Weg durch den Wald den Hang hinauf. Der Hang stieg nur mäßig an.

Hoffentlich kam ich nicht zu spät. Diese Befürchtung trieb mich an.

Irgendwo dort oben auf dem flachen Hügel lag er in guter Deckung und wartete wie ein Jäger, der ein Wild abschießen will.

Verdammt, was waren sie doch alle für hinterhältige Mörder, ganz und gar ohne jede Ehre, besessen von ihrem Willen, Macht und Reichtum zu erringen auf böse Weise.

Aber war das nicht schon immer so in unserer Welt? Selbst die großen Herrscher fingen Eroberungskriege an und gingen über Leichen.

Was diese Bande in Killer City machte, war ebenfalls ein Eroberungskrieg und sogar ein ganz hinterhältiger.

All diese Gedanken gingen mir durch den Kopf, indes ich durch den Wald den Hügelhang hinaufglitt. Ja, ich wollte diesen hinterhältigen Killer erledigen, bevor er einen gewiß braven und redlichen Mann töten konnte.

Ich war schon fast oben, als ich den donnernden Schuß hörte. Ja, es war unverkennbar eine schwere Buffalo-Sharps, deren Kugeln wie Granaten rauschten, bevor sie im Ziel einschlugen.

Ich war zu spät gekommen, so glaubte ich.

Nach einem halben Dutzend gleitenden Sprüngen sah ich ihn endlich. Er lag auf dem Bauch in guter Deckung und hatte das schwere Büffelgewehr aufgelegt. Inzwischen hatte er nachgeladen, denn Sharps-Gewehre waren einschüssig. Er schoß abermals. Offenbar hatte er mit seinem ersten Schuß nicht getroffen. Denn warum sollte er sonst weiterschießen?

Als er zum zweitenmal nachlud, stand ich hinter ihm. Und ich hatte meinen Revolver nicht in der Hand, sondern immer noch im Halfter.

»He, Tyson!« so rief ich scharf.

Er rollte sich auf den Rücken und starrte über seine Füße hinweg zu mir hoch.

Als er sah, daß ich den Revolver noch im Halfter trug, da grinste er und erhob sich.

»Was willst du?« so fragte er.

»Ich habe Quigley gestern im Zweikampf getötet«, erwiderte ich. »Und nun gebe ich auch dir eine Chance. Denn ich bin kein Killer, so wie ihr alle, die ihr goldene Hutbänder tragt. Du kannst ziehen. Los!«

Er begriff binnen eines Sekundenbruchteils, daß er nur diese eine Chance hatte. Er mußte mich im Duell schlagen. Oder ich würde ihn hinunter zu den Siedlern bringen.

Und so grinste er und gab sich siegesgewiß.

»Quigley war nicht so schnell mit dem Colt wie ich«, sprach er mit dem Tonfall völliger Überzeugung. »Dich kann ich jederzeit schlagen, ja, ich muß es sogar, weil du offenbar unser Geheimnis kennst.«

»Auch Blake Jenkins und Earl McClusky sind tot«, sagte ich und konnte erkennen, daß es ihn nun doch schockte.

Er zauberte seine Waffe heraus. Ja, es war wie Zauberei. Er war ein wirklich schneller Revolvermann und hätte den Siedler dort unten gewiß auch im Duell mühelos schlagen können. Daß er es aus dem Hinterhalt versuchte, hing wohl damit zusammen, daß er nicht erkannt werden wollte.

Wahrhaftig, er schlug mich um einen winzigen Sekundenbruchteil. Seine Kugel brannte über eine meiner Rippen wie ein Säbelhieb. Doch ich schoß im gleichen Moment wie er und schwankte nicht dabei, stand fest. Ich sah, wie meine Kugel ihn traf.

Und dann fiel er um.

Nun erst schwankte ich und stöhnte vor Schmerz. Als ich mit meiner Hand nach der Seite griff, da spürte ich das Blut, welches mein Hemd tränkte. Und der böse Schmerz nahm mir die Luft.

Verdammt, dachte ich, der war ja fast schneller als ich. Und das habe ich nun davon, daß ich ihm die Gnade eines Duells zubilligte. Ich wollte ein edler Ritter sein und bin deshalb fast zur Hölle gefahren.

Ja, es waren bittere Gedanken. Fluchend trat ich vorwärts und konnte nun erst über den Rand des Hügels hinunterblicken.

Die Siedlerhütte war weiter als zweihundert Yard entfernt. Sie lag etwa zwanzig bis dreißig Yard tief unter mir. Es führte also ein sehr flacher Hang zu ihr in die Senke. Ich trat ins Freie, so daß sie mich dort unten sehen konnten.

Sie mußten die Revolverschüsse gehört haben. Nun sahen sie mich. Ich drückte meine flache Hand gegen meine Wunde. Das Unterhemd und auch mein Flanelloberhemd klebten blutgetränkt. Aber das war mir recht. Vielleicht konnte ich so die Blutung ein wenig aufhalten.

Ich rief nun hinunter, wobei mir die Schmerzen noch mehr zusetzten: »Hoiii, ich habe ihn erledigt! Ihr könnt herauskommen. Kommt und seht ihn euch an!«

Ich wußte, daß ich sie nicht anders überzeugen konnte. Sie mußten herkommen und alles in Augenschein nehmen.

So verharrte ich also, hielt eine Hand gegen meine Wunde gedrückt und die andere in die Höhe.

Es dauerte eine Weile, dann kam eine Frau aus der Hütte. Zwei Jungen von etwa zehn und zwölf Jahren folgten ihr.

Die Frau rief: »Mein Mann wurde angeschossen, Ich muß erst seine Wunde versorgen! Dann erst werden wir kommen. – Wenn auch Sie angeschossen wurden, dann kommen Sie herunter.«

Ich wandte mich ab, um zu meinem Pferd zu gehen. Der Schmerz in meiner Seite war nun zu ertragen. Doch ich vermochte nur ganz flach zu atmen.

Wenig später kam ich in den Sattel und ritt um den Hügel herum und geradewegs auf die Siedlerstätte zu.

Die Frau war in der Hütte. Sicherlich kümmerte sie sich um ihren Mann.

Aber die beiden Buben standen vor der offenen Tür. Der ältere hielt eine Schrotflinte im Hüftanschlag.

»Wenn Sie Ihre Waffe ablegen, Sir, dann dürfen

Sie hinein«, sagte er ernst. »Wir hörten zwei Revolverschüsse. War das ein Duell?«

»Stimmt, mein Junge«, erwiderte ich. »Aber er war verdammt schnell, fast zu schnell für mich.«

Ich glitt aus dem Sattel, schnallte dann mit einer Hand meinen Revolvergurt ab und hing ihn ans Sattelhorn.

Dann durfte ich eintreten.

Die Hütte besaß nur einen einzigen großen Raum, war nichts anderes als eine primitive Unterkunft. Die Leute hier hatten ihre ganze Arbeitskraft hauptsächlich für die Äcker und Felder eingesetzt. Neben der Hütte hatte ich den Siedlerwagen gesehen. Vielleicht schliefen dort die beiden Söhne drinnen. – Denn hier in der Hütte sah ich nur zwei Lagerstätten. Auf einer lag ein Mann, dessen Oberkörper nackt war. Die Frau kümmerte sich um seine Wunde. Offenbar war seine Schulter oberhalb des Schlüsselbeins aufgerissen. Der Mann sah mich an. Zuerst knirschte er mit den Zähnen, dann aber sagte er: »He Anne, wir haben Besuch von einem Exrebellen. Sie dir mal seinen Hut an. Der war mal ein Rebellenoffizier.«

Ich nickte und antwortete grimmig:

»Aber der Krieg ist vorbei, nicht wahr? Und ich kam her, um Ihnen das Leben zu retten. Ich mußte den hinterhältigen Schützen töten und wurde selbst angeschossen. Und Sie nennen mich einen Rebell. Soll das so bleiben für die nächsten tausend Jahre und die nächsten zweihundert Generationen?«

In meiner Stimme war Bitterkeit.

Ich wollte mich abwenden, um wieder zu gehen.

Doch die Frau sagte über ihre Schulter zu mir zurück: »Gehen Sie nicht, Mister. Sobald ich bei meinem Mann fertig bin, kümmere ich mich um Sie.

Und ich denke, daß Sie uns einiges zu erzählen hätten. Bitte nehmen Sie meinem Mann nicht übel, wenn er alle Südstaatler immer noch für Rebellen hält.«

12

Eine gute Stunde später ging es mir etwas besser. Die Frau hatte meine Wunde mit Seidengarn zusammengenäht und ein selbstgemachtes Pflaster draufgeklebt, nachdem sie die zusammengenähte Wunde mit Honig bestrich.

Nun lag ich auf dem anderen Lager neben dem einstigen Master-Sergeanten und jetzigen Anführer der Siedler. Ich erzählte alles, was zu berichten war.

Zwei Nachbarn waren gekommen, denn sie hatten die Schüsse gehört, besonders das Krachen der Sharps, welches ja meilenweit zu hören war.

Auch die beiden Nachbarn hörten aufmerksam zu. Dann gingen sie, um nach dem Toten und dessen Rappen zu sehen. Sie brachten ihn quer über dem Sattel des Rappen herbei. Einer sagte: »Sersch, es muß alles so gewesen sein, wie er es uns berichtet hat. Er kam wirklich her, um den Killer zu erledigen, bevor dieser dich abschießen konnte.«

Sie schwiegen eine Weile.

Dann sprach die Frau langsam, doch sehr eindringlich: »Der Krieg ist vorbei.«

Sie wandte sich an mich. »Ich danke Ihnen sehr. Und natürlich bleiben Sie hier bei uns als willkommener Gast, bis Sie sich . . .«

»Nein, Ma'am«, unterbrach ich sie. »Vergeben Sie

mir, daß ich Ihre Rede unterbrochen habe. Aber ich muß zurück nach Amity City. Ich muß weiter so tun, als wollte ich in jenem kleinen Talkessel wirklich eine Pferderanch errichten. Ich darf keinen Verdacht erregen. Meine Abwesenheit kann ich nur begründen, indem ich etwas aufbaue. Wenn ich mich hier noch zwei oder drei Stunden ausgeruht habe, muß ich zurück nach Amity City. Lassen Sie den Rappen und den Toten spurlos verschwinden, so als wäre der Killer gar nicht hier ins Siedlerland gekommen.«

Sie schwiegen eine Weile und überdachten alles so wie ich. Dann fragte der Exsergeant Jeff Bannack: »Sie wollen immer noch die ganze Bande erledigen? Sollen wir Ihnen helfen? Wir alle sind Kriegsveteranen. Wir haben kämpfen gelernt.«

»Ich weiß«, erwiderte ich, »o ja, ich weiß, daß ihr Yanks kämpfen könnt. Doch ihr alle habt Familien — ich nicht. Und noch haben sie mich nicht im Verdacht. Ich will es allein machen, so wie bisher.«

Sie nickten.

»Ja, es ist gut, daß der Krieg vorbei ist und die Redlichen wieder zueinander finden können, so daß wir wieder eine Nation werden«, murmelte Jeff Bannack. Er sah von seinem Lager zu den beiden Buben hin, die seine Söhne waren.

»Ihr habt es gehört, Jungs. Habt ihr es auch verstanden?«

Der ältere Bub nickte heftig. »Yes, Sir. Die Guten müssen zusammenhalten gegen die Bösen.«

Es war schon fast Abend als ich mein kleines Tal erreichte, welches mir nach Squatterrecht gehörte. Ich suchte nach Spuren und Fährten, aber außer mir und meinem Pferd war niemand da.

Der Ritt hatte mich eine Menge an Härte und Zähigkeit gekostet. Zuletzt waren die Schmerzen in meiner Seite kaum noch zu ertragen gewesen.

Als ich endlich absitzen konnte, blieb ich eine Weile neben meinem Pferd stehen und lehnte mich an das Tier. Mir war schwarz vor Augen geworden, und erst nach einer Weile lichtete sich wieder alles.

Aber ich konnte mich jetzt nicht hinlegen und ausruhen. Ich mußte mir erst noch eine Zweighütte bauen. Denn morgen würde der Frachtwagen vom General-Store kommen und all das Zeug herschaffen, das ich bestellt hatte. Die Zweighütte würde mir die nächsten Tage als Unterkunft dienen.

Denn es sollte wirklich alles so aussehen, als würde ich mich hier seßhaft machen wollen. Und so bewegte ich mich endlich und nahm das kurze Beil aus meiner Sattelrolle. Ich begann starke Tannenzweige und dünne Baumstangen abzuschlagen und hielt immer wieder stöhnend inne.

Es war dann schon spät in der Nacht, als ich mit meinem Sattel und den Decken in die Hütte kroch. Kaum lag ich, da war ich auch schon weg und wußte nichts mehr von der Welt, in der wir Menschen leben, uns gegenseitig betrügen, umbringen – aber auch liebten und Kinder zeugten. Und manchmal gab es sogar Freundschaft, Treue und Redlichkeit, so wie die Sterne am Himmel in dunkler Nacht.

Als ich erwachte, war es schon früher Vormittag oder später Morgen.

Ich ›lauschte‹ auf den Pulsschlag in meiner Wunde. Es war kein böses Hacken zu spüren, also hatte die Wunde sich unter dem Honigpflaster nicht entzündet.

Dieses Honigpflaster war wohl ein uraltes Heilmittel, welches vor allen Dingen die Indianer kannten.

Vielleicht half es auch mir.

Ich verspürte Hunger. Und so kroch ich aus der Zweighütte, machte Feuer und bereitete mir das Frühstück. Ich hatte ja einiges Lagergerät und auch Proviant mitgenommen. Meine Sattelrolle war recht dick. Auch meine Satteltaschen waren prall gefüllt.

Und so aß ich bald Pfannkuchen mit Speck, trank den starken Kaffee und nahm zum Nachtisch noch zwei Handvoll Trockenobst aus dem Beutel.

Immer dann, wenn ich beim Essen daran dachte, daß ich gleich mit der Arbeit beginnen mußte, fluchte ich bitter. Aber ich mußte etwas vorweisen können, wenn ich Besuch erhalten sollte.

Es würde ein harter Tag für mich werden.

Mit meinem Beil stieg ich dann einen Hang hinauf in den Wald und begann Stangen abzuschlagen und zu entlauben. Immer wieder hielt ich stöhnend inne und schnappte nach Luft. Zum Glück war ich an der linken Seite verwundet, so daß ich den rechten Arm nicht ganz so schmerzvoll bewegen konnte.

Ich schleppte die Stangen — es sollten Corralstangen werden — hinunter neben den kleinen See. Denn ich wollte den ersten Corral so errichten, daß die Tiere zum Wasser gelangen konnten.

Es war nun später Mittag geworden, als ich den Wagen kommen hörte. Aber es kam nicht nur der Wagen des General-Store, es begleiteten ihn auch zwei Reiter.

Einer der Reiter war Marshal Jones Beam. Der andere Reiter war eine Reiterin, nämlich April Kingsley. Sie trug Reitzeug wie ein Cowgirl und saß auch so im Sattel.

Heranreitend rief sie, wobei sie sich umsah: »Viel hast du ja noch nicht vollbracht hier, Tyrone. Ich sehe nur eine armselige Zweighütte und einen Stapel Corralstangen.«

Auch der Marshal sah sich um. Dann sprach er: »Es fehlte ihm wohl an Werkzeugen, Miss Kingsley. Doch jetzt hat der Wagen ja alles mitgebracht. In einigen Tagen wird es hier anders aussehen, denke ich.«

Er tauschte mit April einen Blick. Dann sprach sie: »Ich habe einen ganzen Korb voll guter Dinge mitgebracht aus meiner Küche — auch roten Wein. Wir müssen doch hier deinen Einstand als Pferdezüchter feiern. Und der Wein ist köstlich. Roter Wein ist so etwas wie das Blut der Erde, nicht wahr. Indes ihr Männer abladet, werde ich neben dem kleinen See auf der schönen Wiese unsere Tafel decken.«

Ich nickte. Und als sie ging, um aus dem Frachtwagen zwei Körbe herauszuheben, da sah ich den Marshal an, der immer noch im Sattel saß.

»Neugierig?« So fragte ich.

Er saß nun ab, verhielt neben seinem Tier und nickte.

»Sehr neugierig«, erwiderte er dabei. »Und noch neugieriger bin ich darauf, woher Sie Ihre Pferde bekommen.«

»Ich werde sie kommen lassen«, verbesserte ich.

Er betrachtete mich fest. Dann fragte er: »Es geht Ihnen wohl nicht besonders? Sie wirken krank. Ich habe Sie anders in Erinnerung.«

Er betrachtete mich noch einmal forschend von oben bis unten. Aber er konnte an mir sonst nichts bemerken. Natürlich hatte ich mein Hemd gewechselt, denn das andere war ja von der Kugel aufgerissen und mit Blut getränkt gewesen. Nein, mir war nichts anzusehen, was meine Wunde betraf. Aber sonst hatte er gemerkt, daß ich nicht in Ordnung war.

Und so erwiderte ich: »Irgendwie muß ich etwas gegessen haben, was mir nicht bekommen ist . . .«

Er grinste. »Solange es nicht in die Hosen ging . . .«

»Nein«, erwiderte ich.

Dann kam der Fahrer des Frachtwagens. »Wohin soll abgeladen werden, Mister Coburne?« So fragte er. »Gleich neben der Hütte?«

Ich nickte nur.

Wir luden dann alle ab, auch Jones Beam half mit.

Und dann saßen wir alle beim Picknick.

Irgendwann mitten in unserer Unterhaltung fragte April wie ganz nebenbei: »Und wann kommst du wieder nach Amity?«

»Vorerst nicht«, erwiderte ich. »Ich habe hier eine Menge zu tun. Und irgendwann kommen dann auch die Pferde.«

Ihre Augen wurden einen Moment schmal. Ich wußte, sie ärgerte sich, weil ich ihr offenbar nicht so verfallen war, daß ich nichts anderes mehr im Kopf hatte, als zu ihr ins Bett zu kommen.

Sie lachte dann und sprach: »Vielleicht mache ich mal Urlaub von Amity City und ziehe eine Weile zu dir hierher. Dann wohnen wir beide in dieser Zweighütte dort wie Indianer in einem Tipi. Würde dir das gefallen, Tyrone?«

»Hier wäre wohl nicht deine Welt«, sagte ich und grinste. »Aber wenn du Bäume fällen kannst und es dir genügt, dort in diesem kleinen See zu baden, dann kannst du kommen.«

Ich sah, daß Jones Beam unsere Unterhaltung gar nicht gefiel. Denn er konnte daraus entnehmen, daß zwischen April und mir eine ganze Menge war. Vielleicht paßte ihm das nicht, weil er sie selber wollte.

Überhaupt spürte ich die ganze Zeit, daß er nicht aus normaler Neugierde und Freundlichkeit hergekommen war. Ich spürte stets einen Hauch von wachsamem Mißtrauen, der von ihm ausging.

Und so fragte ich mich, ob er wirklich neutral war in Amity City oder zu den Killern mit den goldenen Hutbändern gehörte.

Sie mußten jetzt Earl McClusky schon sehr vermissen. Denn sie hatten ja auch über die Bank mit der Gloria Mine etwas vor. Dazu brauchten sie gewiß den Makler, der mit der Amity-Bank zusammenarbeitete, die sie von einem Strohmann leiten ließen. Sie wollten ja nicht als eine Gruppe von Geschäftemachern auftreten, die sich ein Imperium zu schaffen versuchten.

Ohne Earl McClusky gab es für sie eine Menge mehr Schwierigkeiten.

Gewiß suchten sie den fetten Hurensohn schon fieberhaft überall im Land.

Und was würden sie tun, wenn nun auch Tom Quigley und Cullen Tyson verschollen blieben, nie wieder — so wie zuvor Blake Jenkins — nach Amity City, dieser Stadt der Killer kamen.

Sie waren schon ziemlich arg dezimiert. Es gab nur noch Vance Rickman, Ben Bates, April Kingsley und Abe Highman, den scheinbar so harmlosen Trödler, der immerzu im Land umherzog, die gewinnbringenden Gelegenheiten und Möglichkeiten ausspionierte und ihnen den Befehl zum Zuschlagen gab.

Oder gehörte der Marshal von Amity City, Jones Beam, auch zu ihnen?

Das war immerzu meine Frage, indes wir beisammenhockten und die schönen Sachen genossen, die April Kingsley mitgebracht und auf der Decke ›aufgetischt‹ hatte.

Es fiel mir schwer, mich zu verstellen, freundlich zu sein und mit ihnen eine lockere Unterhaltung zu führen.

April Kingsley hatte jede Zauberkraft über mich verloren.

Gewiß, sie war schön, reizvoll und besaß jene Ausstrahlung, die fast jeden Mann um den Verstand bringen konnte. Dies hatte sie damals auch bei mir geschafft, als ich es in meiner Hand hatte, sie zum Henker zurückzubringen oder laufenzulassen.

Ich ließ sie laufen und machte mich dadurch mitschuldig an den Verbrechen, die sie zwischen damals und jetzt beging.

Daran mußte ich immer wieder denken.

Endlich ging ihr Besuch dann zu Ende. Der Frachtfahrer war längst schon wieder weg. April packte alles wieder ein. Sie würde die beiden Picknick-Körbe an das Sattelhorn ihres Pferdes hängen müssen. Denn der Wagen war ja schon seit fast einer Stunde weg und mußte jetzt schon wieder in Amity City sein.

Jones Beam ritt nach einem kurzen Nicken schon langsam vor, während April noch vor mir stand. Sie sah mit funkelnden Augen zu mir empor.

»Was ist mit dir?« So fragte sie geradezu. »Du hast dich verändert. Und das hängt gewiß nicht mit Jones Beam zusammen, weil der mich begleitet hat. Was also ist es? Ich spüre eine Veränderung in dir. Was ist es, verdammt?«

Sie stapfte zuletzt wütend mit ihrem zierlichen Stiefel auf.

Ich hatte mich also doch nicht gut genug verstellt. Sie besaß den Instinkt einer erfahrenen Frau.

Ich hob die Schultern und ließ sie wieder sinken. Und dabei spürte ich die Schmerzen meiner Wunde noch stärker. Nach einigen Atemzügen erwiderte ich: »April, ich will hier etwas aufbauen. Du aber kannst einen Mann um den Verstand bringen, so daß er nur noch an dich denkt und nichts anderes mehr im Sinn hat. Ich . . .«

»Aaah, dann vergiß mich«, unterbrach sie mich. »He, was ist schon eine kleine, armselige Pferderanch gegen mich? An meiner Seite hättest du in Amity City andere Möglichkeiten gehabt. Glaub nur nicht, daß du zu mir ins Bett kommen kannst, wenn es dir paßt. Zum Teufel, es muß auch mir recht sein.«

Sie wandte sich zu ihrem Pferd um und schwang sich geschmeidig in den Sattel. Das konnte sie leicht, denn sie trug einen geteilten rehledernen Reitrock.

Ohne ein weiteres Wort ritt sie davon und folgte Jones Beam, der schon einen Steinwurf weiter weg war. Ich sah ihnen nach.

Und ich war sehr froh, daß sie weg waren. Denn nun konnte ich mich endlich hinlegen und ausruhen. Meine ganze Seite schmerzte.

Es war zuviel gewesen.

13

Drei Tage vergingen. Meine Wunde heilte gut, obwohl ich jeden Tag arbeitete. Denn ich mußte ja unverdächtig bleiben und so tun, als würde ich tatsächlich eine Pferderanch aufbauen.

Die Wunde hatte sich nicht entzündet und begann zu vernarben. Bald würde ich mir selbst die Seidengarnfäden ziehen können. Jeff Bannacks Frau Anne hatte wie ein erfahrener Wundarzt gute Arbeit geleistet. Vielleicht hatte sie das im Krieg gelernt.

Ich überlegte immer wieder, wie sich wohl die Dinge entwickeln würden.

Leslie Carrington und deren Post- und Frachtlinie hatte ich gewissermaßen gerettet, als ich Tom Quigley im Duell erschoß.

Und auch dem Anführer der Siedler rettete ich wahrscheinlich das Leben, denn Cullen Tyson hätte weiter mit der schweren Sharps geschossen. Die Hütte hätte den schweren Kugeln der Sharps nur wenig Widerstand entgegensetzen können. Sogar die Frau und die beiden Buben waren in Gefahr.

Ich wußte, auch die Gloria-Mine stand auf ihrer Liste. Doch diese Mine sollte mit Hilfe der Bank in die Hände der Bande fallen.

Dies aber konnte jetzt nicht mehr klappen.

Denn der fette McClusky fehlte ihnen. Die Bank war zur Zeit gewiß nicht handlungsfähig. Selbst wenn sie die Kredite zurückhaben wollte, wer sollte sie eintreiben? Und je länger die Mine nun Gold fördern und Gewinne machen konnte, um so müheloser konnte sie ihr Darlehn zurückzahlen.

Ich mußte mir also um die Gloria-Mine im Gloria-Canyon keine Gedanken mehr machen. Alles was ich tun mußte, war warten.

Denn früher oder später würden sie Verdacht schöpfen gegen mich.

Dann würden sie auf mich losgehen. Es konnte gar nicht anders sein.

Ich wußte auch, daß ich einen Fehler gemacht hatte, als ich meinen richtigen Namen nannte. Wenn sie irgendwie herausbekamen, daß ein gewisser Ty Coburne bei der Carrington Post- und Frachtlinie für die Witwe des ermordeten John Carrington als Vormann gearbeitet hatte, dann würde ihnen alles klar sein.

Ich mußte gesund werden und konnte nur noch warten.

So vergingen also die Tage und Nächte.

Ich schlief nicht mehr in meiner primitiven Zweighütte. Das war mir zu gefährlich. Ich hatte mir weiter oben auf dem Hang im Wald ein bequemes Nachtlager gemacht und verbrachte die Nächte dort.

Es war dann am fünften Tag, als ich mir die Fäden zog und wieder einmal mehr erkannte, wie gut doch meine ›Heilhaut‹ war.

Die Wunde war nun so gut vernarbt, daß sie gewiß nicht mehr aufbrechen würde. Natürlich mußte ich mich vor allzugroßen Kraftanstrengungen hüten.

Es war dann am sechsten Tag und schon am späten Nachmittag, als ich das typische Geräusch hörte, welches ich ja nun schon kannte.

Ich wußte, da kam Abe Highman, der sich ›Onkel Abe‹ nennen ließ, mit seinem Trödlerwagen zu Besuch.

Noch war ich oben im Wald. Aber als ich dann mit Hilfe meines Pferdes einen Baumstamm aus dem Wald hinunter zum See zog, da sah ich ihn.

Highman war gekommen.

Er lachte wieder ganz auf seine Art, die ein wenig verschroben wirkte und mit der er alle Menschen täuschte.

»Hihihihi, da bin ich wieder, Texassohn, und es war gar nicht so leicht, dich in diesem Winkel hier zu finden. Ich habe große Lust, mal wieder mit dir zu saufen bis uns die Pumaspucke aus den Ohren läuft. Aber zuerst wollen wir was Gutes essen. Ich habe einen Truthahn geschossen. Den werden wir verputzen, nicht wahr? Und wir werden auch wieder gute Männergespräche führen. He, ich hätte nie geglaubt, daß du ohne die wunderschöne April auskommen könntest, nachdem sie dich in ihren Krallen hatte. Der verfällt sonst jeder Mann, auf den sie es abgesehen hat. Dann hat er seinen Verstand nur noch in der Hose, hihihihi!«

Er redete noch viel, und es war wahrhaftig nur albernes Geschwätz.

Aber ich ließ mich nicht täuschen. Er war hergekommen, weil sie inzwischen wohl mehr über mich wußten. Denn von jenem Tag an, da ich bei ihnen in Amity City aufgetaucht war, ging bei ihnen nichts mehr.

Blake Jenkins, Earl McClusky, Tom Quigley und Cullen Tyson waren plötzlich verschollen.

Dieser Abe Highman hatte sich auf die Suche gemacht.

Vielleicht war er sogar bis nach Smoky Hill gefahren. Ich war auf der Hut.

Und wenn er sich mit mir mal wieder betrinken wollte, nun gut, das konnte er haben. Er würde nicht mehr vertragen können als ich. Das hatten wir ja schon mal ausprobiert, und es war unentschieden ausgegangen, denn ich hatte mich zuletzt nur verstellt. Er hatte nichts von mir erfahren können.

Es war dann schon spät in der Nacht, als wir immer noch tranken. Den Truthahn hatte er gut zubereitet. Es wurde ein Festessen. Und wir schlugen uns die Bäuche voll.

Nun tranken wir die zweite Flasche leer.

Wieder war es guter, erstklassiger Bourbon. Auch die Zigarren waren von bester Qualität. Er erzählte Witze am laufenden Band und gab sich wie ein lustiger Onkel.

Aber manchmal erkannte ich in seinen Augen das kalte und gnadenlose Funkeln eines Wolfs kurz vor dem Sprung an den Hals des Wildes.

Doch ich war auf der Hut.

Ich dachte immer wieder: »Mich schaffst du nicht mit Feuerwasser, mich nicht — und mag es auch bester Bourbon sein, mich nicht.«

Es war ein Trotz in mir. Ich würde ihn schlagen bei diesem Saufgelage. Mich würde er nicht so weit bringen, daß ich nicht mehr wußte, was ich sprach, und ihm alles erzählte, was er von mir wissen wollte.

Abermals füllte er die Becher. Wir saßen vor meiner Zweighütte am Feuer.

Und abermals leerten wir die Becher. Dabei spürte ich einen anderen Geschmack auf der Zunge, und obwohl ich ja ziemlich betrunken war, begriff ich, was er mit mir gemacht hatte.

Ich wollte hoch und griff dabei nach meinem Revolver. Zugleich griff ich mit der anderen Hand in meinen Mund, steckte zwei meiner Finger bis zum Zäpfchen hinein, versuchte so ein Erbrechen zu erreichen.

Doch es war zu spät.

Ich fiel aus kniender Haltung um und wußte nichts mehr.

Wie ein Stein schien ich in bodenlose Tiefen zu stürzen.

Das Erwachen war grausam. Ich fühlte mich nicht nur elendig schwach, krank, voller Übelkeit. Mir wurde auch bewußt, daß ich gefesselt in meiner Hütte lag.

Dieser Abe Highman hatte mich also erledigt. Zuletzt waren irgendwelche Tropfen im Whiskey gewesen. Er hatte es fertigbekommen, dies mit einem Zauberkünstlertrick zu schaffen, so sehr ich auch auf der Hut war.

Ja, nun hatte er mich. Dies wurde mir bitter klar.

Draußen war es Tag. Ich mußte also viele Stunden bewußtlos gewesen sein.

Die Fesseln saßen gut und stramm. Sie ließen mir keine Chance.

Und so blieb mir nichts anderes übrig, als abzuwarten und mit meiner Übelkeit irgendwie fertig zu werden.

Es mußten starke Tropfen gewesen sein.

Draußen war nichts zu hören.

Wo war er?

Es dauerte etwa eine Stunde, da hörte ich ihn kommen. Wahrscheinlich hatte er sein Maultier als Reittier benutzt und war irgendwo gewesen, vielleicht in der Stadt. Denn dorthin waren es ja nur sieben Meilen.

Wenig später kam er in die Zweighütte und hockte sich auf die Absätze neben mich.

Im Halbdunkel sahen wir uns an.

»Am besten wäre es, wenn du mir alles erzähltest«, sagte er dann. Und nun klang seine Stimme nicht wie die eines harmlosen Trödlers, den sie im Land Onkel Abe nannten.

Nun klang seine Stimme kühl und präzise, ganz und gar wie die eines Bosses, der niemals einen Befehl zweimal geben muß.

»Was soll ich erzählen?« fragte ich. »Und warum hast du mich gefesselt, nachdem du mich geschlagen hast beim Saufen? Was soll das, Onkel Abe?«

Er lachte leise — aber diesmal nicht dieses ›Hihi-hihi‹, sondern ganz normal voller Sarkasmus und grimmiger Belustigung.

»Coburne«, sprach er dann, »ich war in Smoky Hill und fand eine Menge über dich heraus. Du wurdest der getreue Ritter von Carringtons Witwe. Aber jetzt bist du ein verdammt armer Hund ohne jede Chance. Du hast jetzt die Wahl, ob wir dich erst zerbrechen müssen, damit du uns alles erzählst — oder ob wir dich nur erschießen, wenn wir alles wissen. Ich konnte dich eigentlich ganz gut leiden, und ich würde wirklich nicht gern deine Füße ins Feuer legen oder dir andere Unannehmlichkeiten bereiten. Ich würde es wirklich lieber kurz und schmerzlos machen. Aber zuerst mußt du alles beichten.«

Er verstummte kühl und hart.

Ich aber lag da und schwieg.

Aber es war wohl so, daß ich wirklich keine Chance hatte. Ich war allein in diesem Land. Es gab hier für mich keine Freunde, die mir hätten helfen können. Und Besuch war auch nicht zu erwarten, von wem auch. Ich hatte keine Chance.

Und so erwiderte ich endlich: »Vielleicht erzählst du mir erst mal was über euch. Ich kann euch ja nicht mehr schaden. Vier von euch habe ich erledigt. Aber ihr seid ja wohl noch viele. Erzähl mir erst was über euch! Ich würde gerne wissen, wie dumm ich war, daß ich mich von April nicht auf eure Seite ziehen ließ. Sie ist schöner als Leslie Carrington, und sie nahm mich mit in ihr Bett. Ich war vielleicht ein blöder Hirsch, daß ich versuchte, euch mit einer Pferderanch zu täuschen und Mann für Mann . . .«

»Ja, du warst ein blöder Hirsch«, unterbrach er mich. »Wir waren Guerillas«, sprach er dann weiter. »Ich war ihr Anführer und trug einen anderen Namen. Man kannte mich als Colonel Yates. Ich führte manchmal dreihundert Mann. Wir nannten uns ›Blue Riders‹, aber dort, wo wir operierten, da nannten sie uns ›Bloodriders‹. Und wir machten überall reiche Beute. Nach dem Krieg zerstreuten wir uns. Ich blieb jedoch mit meinen ehemaligen Offizieren zusammen. April Kingsley gehörte immer schon zu uns. Jener verlorene Haufen, der sie damals befreite und der dann von den Verfolgern aufgerieben wurde, war von mir zu dieser Befreiung ausgesucht worden. Wir hätten dich gerne bei uns aufgenommen. April war dir sehr dankbar. Irgendwie hatte sie sich damals, als sie in deiner Hand war und du sie laufenließest, in dich verliebt. Du Narr hättest teilhaben können an unseren Erfolgen hier im Land. Und auch April hätten wir dir gelassen. Doch du warst zu dumm. Jetzt bist du an der Reihe mit dem erzählen. Rede!«

Was sollte ich tun?

Ich war kein Narr, der sich auch noch quälen ließ.

Und so berichtete ich ihm alles von Anfang an. Alles, was ich noch wollte, war ein möglichst schmerzloser und schneller Tod.

Und den hatte er mir ja versprochen. Ja, ich glaubte ihm sogar, daß er mich am Anfang irgendwie gemocht hatte und dies vielleicht sogar jetzt noch so war.

Aber er würde mich umbringen, so wie er und seine Kumpane alle Feinde umbrachten. Und Feinde waren für sie alle Menschen, die ihnen auf dem Wege zur Macht im Wege standen oder gar gegen sie waren.

Ich ließ also nichts aus und begann von dem Moment an, da ich eigentlich die Postkutsche ausrauben wollte und mir jener Blake Jenkins zuvorkam.

Er hörte schweigend zu und nickte nur manchmal.

Als ich fertig war, da sagte er: »Sie kommen bald aus Amity City hierher, alle. April Kingsley will noch einmal mit dir sprechen. Und dann werden wir wohl auslosen, wer von uns dich erschießt. Ich werde ihnen sagen, daß du dir einen schnellen Tod verdient hast, weil du zuletzt geständig alles erzähltest. Nun gut, warten wir also auf sie.«

Er erhob sich und ging wieder aus der Zweighütte.

Und ich dachte bei mir: Verdammt, den Krieg hast du überstanden. Und jetzt im Frieden geht's dir ans Leder. Das Schicksal hat mir verdammt schlechte Karten gegeben.

Ich versuchte gegen meine Feseln anzukämpfen, doch da war nichts zu machen.

Er verstand sich auf sein ›Handwerk‹ als ehemaliger Guerillaführer, der sich Colonel nennen ließ und seine Unterführer als Offiziere betrachtete. Dabei waren sie nichts anderes als Banditen, die unter dem Deckmantel, Guerillas für den Norden zu sein, raubten und plünderten.

Ich hatte von den Bloodriders, die sich Blue Riders nannten, selbst im Süden schon gehört.

Nun wußte ich auch, warum er sich als Trödler getarnt hatte und einen Vollbart trug.

Er hatte den Galgen verdient, ebenso auch seine sogenannten ›Offiziere‹ mit den goldenen Hutbändern. Sie waren ein Verbrecher- und Mörderpack, welches sich hier Macht und Einfluß schaffen wollte. Ein eigenes County sollte es werden.

Er hatte mich also perfekt gefesselt. Ich konnte mich nicht mal aus der Hütte rollen. Er hatte Pflöcke in den Boden geschlagen und mich daran angebunden.

Mein Leben lief noch einmal vor mir ab.

Daheim in Texas hatten meine Eltern eine Ranch besessen. Mein Vater hatte zu General Houstons Armee gehört, welche damals die Toten von Alamo rächte und den größenwahnsinnigen General Santa Anna gefangennahm.

Ich wurde zum Rinder- und Pferdezüchter erzogen. Und ich war schnell mit dem Revolver und ein Künstler mit dem Lederseil.

Dann zog ich in den Krieg. Und als ich heimkam, da war unsere Ranch zerstört und meine Eltern waren tot.

So wurde ich zum Satteltramp.

Wieder dachte ich an Leslie Willard-Carrington, für die ich in den Krieg gezogen war – in diesen Krieg hier im Amity City-Land.

Dann dachte ich auch an die schöne April Kingsley, und ich fragte mich immer wieder, wie es möglich war, daß eine so schöne und reizvolle Frau so böse und schlecht sein konnte.

Fast hätte sie mich auf ihre und ihrer Kumpane Seite gezogen.

Die Zeit verging. Abe Highman war irgendwo draußen. Ich lauschte unentwegt, aber noch hörte ich keine Hufschläge, noch kamen sie nicht hergeritten, um mich zu töten.

Aber sie würden kommen.

Es mochte etwa eine Stunde vergangen sein, da hörte ich den Hufschlag. Sie waren also gekommen. Stimmen klangen draußen. Ich hörte Abe Highman sagen: »Er liegt in der Hütte.«

»Dann rede ich erst einmal allein mit ihm«, erwiderte April Kingsleys Stimme.

Wenig später kam sie in die armselige Hütte, in der ich gefesselt und angepflockt am Boden lag. Sie blickte auf mich nieder und stieß mich dann mit ihrer Stiefelspitze an. Dabei fragte sie: »He, dir geht es wohl nicht besonders gut?«

»Nein, nicht besonders«, erwiderte ich.

Sie ging nun in die Hocke, und so waren sich unsere Gesichter sehr nahe.

»Aus uns hätte etwas werden können«, flüsterte sie. »Noch nie war ich in den Armen eines Mannes so glücklich wie bei dir. Warum bist du hergekommen, um uns zu vernichten? Ist diese andere Frau in Smoky Hill so wunderbar?«

Ich gab ihr keine Antwort.

Aber sie forderte: »Gib mir eine Antwort! Ich will wissen, was sie hat, das ich nicht habe. Es muß doch etwas ganz Besonderes sein. Was ist es?«

Ich schüttelte den Kopf, so gut mir dies am Boden liegend möglich war. Eigentlich rollte ich ihn nur hin und her.

Dann erwiderte ich: »April, du bist zwar wunderschön und kannst jeden Mann verzaubern, der deine schwarze Seele noch nicht kennt. Aber sonst fehlt dir sehr viel. Du gehörst zu einer Bande von Banditen und Mördern. Ihr habt eine gewiß früher redliche Stadt zu einer Mörderstadt gemacht. Killer City müßte sie heißen, nicht Amity City. Es war damals falsch von mir und ein unverzeihlicher Fehler, daß ich dich nicht dem Henker auslieferte. Ich habe damals schwere Schuld auf mich geladen.«

Als ich verstummte, schwieg sie eine Weile.

»O Tyrone«, flüsterte sie dann, »die Wege, auf denen man wandern muß, führen uns Menschen manchmal direkt in die Hölle. Abe Highman ist mein Vater. Ich hätte dich so gern auf unserer Seite gehabt. – Aber das geht wohl nicht mehr?«

»Nein«, erwiderte ich, »das geht nicht mehr.«

»Hast du keine Furcht vor dem Tod?« Wieder flüsterte sie sehr leise.

»Es wäre wunderschön, könnte ich noch weiterleben«, erwiderte ich. »Doch ich werde nicht um mein Leben winseln.«

»Es hätte auch keinen Sinn«, flüsterte sie und erhob sich, blickte auf mich nieder. Im Halbdunkel hier in der Hütte leuchteten ihre blauen Augen.

»Du hättest nur eine Chance«, murmelte sie. »Du müßtest schwören, daß du zu uns gehören würdest und auch einen Beweis dafür bringen. Du müßtest jemanden töten!«

»Ich müßte ein Killer werden wie jeder von euch«, erwiderte ich. »Und ihr würdet meinem Schwur glauben?«

»Ich könnte versuchen, meine Partner davon zu überzeugen. Ich selbst würde mich auf deinen Schwur verlassen. – Also, wärest du bereit?«

Ich schwieg einige Atemzüge lang, und meine Gedanken rasten tausend Meilen in jeder Sekunde.

Ich hätte gerne noch weitergelebt. Wer hätte das nicht gewollt an meiner Stelle?

Aber ich hätte ein Killer werden müssen, an sie gebunden durch meinen Schwur.

Doch konnte solch ein Schwur gegenüber solchen Banditen und Mördern überhaupt gelten? War es für mich nicht nur wichtig, daß ich vorerst einmal am Leben blieb.

Aber noch bevor ich mich entscheiden und etwas sagen konnte, sah sie es selbst ein, daß dies kein Ausweg war.

144

Und so schüttelte sie den Kopf und sagte: »Nein, sie würden sich nicht überzeugen lassen, daß sie deinem Schwur vertrauen könnten. Nein, so geht es nicht. Wir werden dich töten müssen. Wahrscheinlich wird das Los entscheiden, wer von uns dies tun muß. Tut mir leid, Tyrone. Wirklich! Ich kann dir nicht helfen, denn ich gehöre zu ihnen mit Haut und Haaren. Und wir wollen die Macht hier im Land, das eines Tages unser County werden wird. Im Krieg haben wir gelernt, daß man nur durch Kampf und rücksichtslosen Einsatz von Gewalt Sieger bleiben und alles gewinnen kann.«

Sie bückte sich aus der Hütte hinaus ins Freie.

Und ich war wieder allein, hilflos gefesselt. Ich mußte warten bis einer von ihnen kam, um mich zu töten.

Verdammt, was für ein erbärmliches Ende stand mir bevor. Dieser Abe Highman hatte mich mit seinen Betäubungstropfen ausgetrickst, als wäre ich ein Dummkopf.

Es war verdammt bitter, wenn man auf seinen Tod warten mußte, so wie jetzt ich.

Warum war ich nicht im Krieg bei einem Angriff getötet worden?

Dann wäre das Sterben jäh von einer Sekunde zur anderen gekommen.

Doch jetzt ließen sie mich warten.

Verdammt!

Ich konnte nur warten und tief in meinem Kern die Kraft zu erzeugen versuchen, die mich alles, was kommen würde, mit stoischer Gelassenheit ertragen ließ.

So verging die Zeit. Irgendwie gelang es mir, mich in einen leichten Trancezustand zu versetzen. Ich verlor jedes Gefühl für die Zeit.

Aber dann kam April Kingsley wieder in die Hütte.

Sie sprach heiser auf mich nieder: »Das Los hat mich bestimmt. Es tut mir leid, Tyrone, aber ich werde dich töten müssen.«

Ich erwiderte nichts. Was sollte ich auch noch sagen? Um mein Leben konnte ich nicht betteln.

Sie ging wieder hinaus.

Ich hörte sie rufen: »Ihr könnt schon mal verschwinden! Ich will allein sein, wenn ich es tue. Ihr könnt mir vertrauen, aber haut endlich ab! Ich will keine Zuschauer, verdammt!«

Sie erhielt keine Antwort. Doch dann klang Hufschlag, der sich entfernte.

Und wenig später fuhr auch der Trödelwagen rasselnd, scheppernd und klappernd davon. Sie verließen also das kleine Tal.

Ich war mit April Kingsley allein.

Nach einer Weile kam sie wieder in die Hütte.

»Damals«, begann sie, »lag ich zu deinen Füßen im Heu. Du hättest mich nehmen können, bevor du mich zum Henker zurückbrachtest. Doch du hast mich nur angesehen und bist dann gegangen. Das macht es mir so schwer. Aber ich muß es tun. Tyrone Coburne, ich muß dich töten! O ja, ich habe schon getötet. Das ist mir nicht fremd. Aber bei dir . . .«

Sie ging wieder hinaus, und es dauerte eine Weile, bis sie wieder in den Eingang der Hütte trat. Wahrscheinlich war sie um den kleinen See gewandert.

Nun verharrte sie im Hütteneingang und hielt ein Gewehr im Hüftanschlag.

»Ich tue es wirklich nicht gern, Tyrone Coburne, aber ich muß dich töten! Es gibt gar keine andere Wahl für mich, denn du hast uns fast alle vernichten

146

können. Es hätte nicht mehr viel gefehlt! Ich muß dich töten, Tyrone Coburne!«

Ihre Stimme wurde immer lauter und schriller. Ja, sie war außer sich. So kalt, berechnend und gnadenlos sie auch sonst sein mochte, jetzt zeigte sie Hemmungen.

Aber sie trat langsam zwei Schritte zurück, als wollte sie nicht mehr mit mir in der Hütte sein und könnte sich dadurch auch besser von irgendwelchen Hemmgefühlen freimachen.

Sie hob das Gewehr aus dem Hüftanschlag und hielt den Kolben an ihre Wange, setzte die Kolbenplatte fest gegen die Schulter.

Doch dann geschah etwas, was ich nicht zu glauben vermochte.

Eine herbe Frauenstimme rief draußen: »Nein, das werden Sie nicht tun, zum Teufel!«

Es war ein scharfer Befehl.

Und April Kingsley zuckte zusammen. Ich konnte es über meine Füße hinweg sehen. Sie stieß plötzlich einen Fluch aus und wirbelte herum.

Doch bevor sie ihr Gewehr auf das neue Ziel richten konnte, da krachte eine Schrotflinte. Die Bleisaat stieß sie sie von den Füßen.

Und da lag sie nun.

Ich aber konnte das alles noch nicht glauben.

Diese Rettung in allerletzter Sekunde war vielleicht nur ein Traum.

Vielleicht hatte ich mich vorhin so sehr wie ein Indianer in Trance versetzt, daß ich mir selbst etwas vormachte.

Aber die Zweifel hielten nur wenige Sekunden an.

Dann fragte ich mich, wer da wohl gekommen sei.

Wenig später sah ich es.

14

Oh ja, ich kannte die Frau, welche nun zu mir in die Hütte kam, sehr gut.

Vor gut einer Woche hatte sie mir mit Seidengarn die Wunde genäht.

Es war Anne Bannack, die Frau des Anführers der Siedler.

Und sie war nicht allein gekommen. Der größere Junge war bei ihr.

Sie kamen ernst in meine Hütte und begannen meine Fesseln zu lösen.

Ich sagte: »Der Himmel wollte nicht, daß ich verliere und die Killer davonkommen. Es kann nicht anders sein, Anne Bannack. Sonst wären Sie nicht zur rechten Zeit hierhergekommen.«

Sie hatten nun meine Fesseln gelöst und halfen mir auf die Füße. Ich konnte vorerst nur mit ihrer Hilfe stehen, denn meine Glieder waren wie abgestorben. Das Blut in ihnen mußte erst wieder zirkulieren.

Sie führten mich hinaus.

Und da lag April Kingsley. Sie war tot, dies konnte man sehen.

Anne Bannack sagte: »Ich kam mit Johnny her, um nach Ihnen zu sehen, mein Freund. Ich wollte Ihnen die Fäden ziehen. Es ließ mir keine Ruhe, mich davon zu überzeugen, ob die Wunde sich nicht entzündet hatte. – Und Sie hatten uns ja den Weg zu diesem kleinen Tal gut genug beschrieben. Es war leicht herzufinden. Wir sind nur zwei Stunden geritten. Als wir schon in der Nähe waren, hörten wir den Trödlerwagen. Er fuhr in Richtung Amity City und war aus dem Taleingang gekommen. Sie hatten uns ja über die Rolle dieses Trödlers aufgeklärt. Und so kamen wir sehr vorsichtig in dieses kleine Tal.«

»Zur rechten Zeit, Anne«, murmelte ich. Dann sah ich den Jungen an, der ernst bei uns stand.

»Deine Mutter hat mir das Leben gerettet, Johnny«, sprach ich. »Ich werde für immer in eurer Schuld bleiben. Du hast eine prächtige Mutter.«

»Die beste der Welt, Sir«, erwiderte er. Und dann stellte er die Frage: »Und was werden Sie jetzt tun, Sir?«

»Was dein Vater auch tun würde, Johnny«, erwiderte ich.

Es war kurz vor Mitternacht als ich die Lichter von Amity City vor mir im Canyon gelb und freundlich blinzeln sah.

Aber es war eine Mörderstadt, für die der Name Killer City besser gepaßt hätte.

Ich hatte mich von Anne und Johnny Bannack verabschiedet, nachdem wir April Kingsley im Wald beerdigten.

Die Bannacks waren heimgeritten zu sich ins Siedlerland und zu ihrer Familie.

Anne hatte ernst gesagt: »Passen Sie gut auf sich auf, Tyrone.«

»Und wie . . .«, war meine Antwort gewesen.

Jetzt also sah ich die Lichter der Stadt.

Und ich wußte, dort waren sie alle — Vance Rickman, Ben Bates und Abe Highman, den die Bloodriders damals mit Colonel anreden mußten, weil er ihr Anführer war.

Ich hielt noch einmal an und überdachte alles.

Aber es gab keine andere Wahl für mich. Ich stand gewissermaßen in einer Pflicht, die ich damals verletzt und verraten hatte, als ich April Kingsley nicht zurückbrachte und dem Henker übergab.

Ich mußte die Bande erledigen.

Und so fragte ich mich, ob ich mich auf den Marshal Jones Beam verlassen konnte oder ob auch er zur Bande gehörte.

Das war die Frage.

Aber ich fand keine Antwort darauf.

Und so ritt ich weiter mit meinem Colt an der Seite im tiefgeschnallten Holster.

Im Schritt ließ ich meinen häßlichen Criollohengst die Hauptstraße hinaufgehen.

Vor dem Saloon hielt ich an.

Es war nicht mehr viel Betrieb, aber die Erklärung war gewiß, daß April Kingsley heute nicht aufgetreten war, um mit ihren Songs die Gäste zu begeistern.

Es standen nur wenige Sattelpferde an den Haltestangen. Von Abe Highmans Wagen war nichts zu sehen. Wahrscheinlich stand er wieder im Hof jener kleinen Pension, zu der man durch eine Gasse gelangen konnte.

Ich stellte mein Pferd zu den anderen Tieren an die Haltestange, rückte meinen Colt zurecht und trat langsam ein.

An der Bar standen nur drei Gäste und würfelten.

Auch am Billardtisch vertrieben zwei sich die Zeit.

Drüben aus der Tanzhalle klang Musik. Ich aber ging auf die andere Seite und erreichte durch die offene Tür den großen Spielraum.

Und hier sah ich sie sofort.

Abe Highman stand in der Ecke an der kleinen Bar.

In der anderen Ecke saß Marshal Jones Beam inmitten einer Pokerrunde.

Ben Bates und Vance Rickman saßen ebenfalls in einer Ecke. Sie warteten offenbar auf die Drinks, die Highman sich an der Bar geben ließ und dann zu ihnen bringen wollte.

Auf dem Tisch lagen Karten. Sie hatten gespielt und wohl gerade eine Pause eingelegt. Wahrscheinlich waren sie inzwischen sehr nervös geworden, weil sie ja schon recht lange auf die Rückkehr April Kingsley warteten.

Vance Rickman sah mich zuerst.

Sein »He!« hallte durch die Stille des Spielraums.

Er schnellte hoch, riß den Revolver heraus — und bekam meine Kugel.

Auch Ben Bates, der sich nach mir umwandte, begriff nun die Situation.

Aber er erhob sich mit leeren Händen, deren Handflächen er mir zeigte. Dabei begann er zu grinsen.

Ich wußte, er verließ sich jetzt auf Abe Higman, der halbrechts hinter mir an der kleinen Bar stand, vielleicht auch auf den Marshal.

Ben Bates verließ sich darauf, daß ich nicht auf ihn schießen würde, weil er mir die erhobenen Hände zeigte. Aber er würde ziehen und schießen, sobald ich mit Abe Higman zu tun bekam und damit beschäftigt war.

Highmans Stimme klirrte durch den Raum: »He, wo ist April?«

»Sie hat mir erzählt, daß sie deine Tochter ist«, erwiderte ich. »Sie hatte Pech, denn als sie mich erschießen wollte, bekam ich Hilfe. Das Schicksal ist gegen euch, ihr verdammten Mörder. April ist tot.«

Er hörte es, schluckte hart und trat einen Schritt vor.

Nun wirkte er nicht mehr wie ein harmloser Trödler. Jetzt bewegte er sich anders. Auch seine Sprache hatte sich verändert.

Er sah zu Ben Bates hinüber und sprach: »Einer von uns beiden wird ihn schaffen. Nicht wahr, Ben?«

»Sicher, Colonel«, erwiderte Ben Bates. »Einer von uns schafft ihn gewiß!«

Pulverdampf schwebte im Raume. Vance Rickman lag zwischen den Stühlen am Boden und rührte sich nicht mehr.

Alle anderen Gäste verharrten unbeweglich. Einige hatten sich aus den voraussichtlichen Schußlinien zurückgezogen.

Der Atem von Gewalt wehte durch den großen Raum.

Sie alle wußten, es würde nun im nächsten Moment noch weitere Tote geben.

Ich sah im Spiegel, der neben der Bar hing, daß Jones Beam sich erhob.

Ich konnte erkennen, wie er die Situation sofort erfaßte und seinen Revolver zog. Als er auf meinen Rücken zielte, da wußte ich, daß auch er zu dieser Bande gehörte. Ich wirbelte herum. Er schoß, aber seine Kugel verfehlte mich, weil ich mich beim Herumwirbeln zu schnell bewegte. Überdies duckte ich mich auch dabei.

Nun brach die Hölle los.

Abe Highman und Ben Bates begannen ebenfalls zu schießen. Ich bewegte mich schnell und schoß zurück. Ihre Kugeln zupften an meiner Kleidung, und nur eine streifte mich und erzeugte einen Schmerz wie von einem Peitschenhieb.

Ich schoß bis mein Revolver leer war.

Dann war ich wehrlos und verharrte keuchend.

Konnte noch einer von ihnen kämpfen? Hatte

einer von ihnen noch eine Kugel in der Waffe, mit der er mich erledigen konnte?

Jones Beam lag regungslos am Boden. Der kämpfte nie wieder.

Auch Ben Bates hatte ich erwischt.

Aber Abe Highman lehnte noch an der kleinen Bar, die nur für die Spieler bestimmt war. Er stützte sich hinter sich mit den Ellenbogen auf, hielt jedoch noch seinen Colt in der Faust.

Ich hatte ihn schwer getroffen, aber er grinste breit und sprach heiser: »Ich habe nur noch eine Kugel — aber die wird dir den Rest geben.«

Dann drückte er ab.

Die Kugel ritzte mein linkes Ohrläppchen.

Dann war es vorbei. Er fiel nach vorn. Und da lagen sie nun.

Ich lebte noch und konnte es nicht glauben.

Gegen vier Gegner hatte ich gekämpft.

Es blieb noch lange still.

Dann begannen welche wegen des Pulverdampfes zu niesen.

Eine heisere Stimme fragte:

»He, was war das?!«

Ich blickte zu dem Frager hinüber.

»Mister«, sagte ich, »dies ist der Rest einer Mörderbande, die man während des Krieges Bloodriders nannte. Sie selbst hatten sich den Namen Blue Riders gegeben. Und ihre Anführer, die sich als Guerillas ›Offiziere‹ nannten, trugen goldene Hutbänder. Diese Stadt hat ihnen schon fast ganz gehört. Man hätte sie besser Killer City genannt, nicht Amity City. Leute, ihr seid gewissermaßen wieder frei. Macht was daraus.«

Nach diesen Worten ging ich hinaus.

Sie ließen mich gehen.

Niemand versuchte etwas.

Ich hörte jemanden heiser sagen: »Von den Bloodriders habe ich gehört. Wenn das stimmt . . .«

Ich war draußen, saß auf und ritt aus der Stadt.

Es war vorbei.

Drei Tage und drei Nächte blieb ich in meinem kleinen Tal und versuchte mir klarzuwerden, was ich in meinem Leben noch wollte.

Dann kam eine Abordnung aus Amity City. Es waren die drei neuen Stadträte.

»Es ist jetzt eine Menge ans Licht gekommen«, sprach der eine. »Niemand fürchtet sich jetzt mehr. Wir haben den Leiter der Bank ziemlich hart rangenommen. Er hat uns eine Menge erzählt. In den Büchern fanden wir auch all die Berichte über die vielen Aktivitäten. Mister Coburne, Sie haben Amity City einen großen Dienst erwiesen. Deshalb wollen wir sie gerne als unseren Marshal haben. Wollen Sie?«

Sie sahen mich erwartungsvoll an.

Aber ich schüttelte den Kopf. »Gentlemen«, sprach ich, »drei Tage und drei Nächte habe ich hier nachgedacht. Eigentlich hätte ich sehr gerne Pferde gezüchtet. Dies ist ein wunderbarer Platz für eine Pferdezucht. Aber selbst das redete ich mir wieder aus. Ich will nach Smoky Hill zu einer wunderbaren Frau. Ich weiß noch nicht, ob ich in einem Jahr bei ihr eine Chance haben werde. Aber ich will sie fragen. Wenn sie nein sagen sollte, dann komme ich auf das Angebot der Stadt zurück. – Ihr müßt zwei Wochen warten. Wenn ich dann nicht wieder hier bin, dann hat es mit der Frau geklappt. Aber eines sollte mir Amity City gewähren . . .«

»Was?« So fragten sie dreistimmig.

»Ich möchte die Erlaubnis für eine Niederlassung der Carrington Post- und Frachtlinie. Wir wollen über Amity City weiter ins Goldland fahren können. Geht das, Gentlemen?«

Sie nickten sofort.

Es war drei Tage später als ich vor Leslie Willard-Carrington stand.

»Es ist alles erledigt«, sagte ich. »Du brauchst dir keine Sorgen mehr zu machen. Und auch überall im Land, wo diese Bande zuschlug, wird nun alles geklärt und wieder in Ordnung gebracht werden. Man hat die Bundesbehörden um Hilfe gebeten. Es wird also alles wieder gut. Aber was wird mit dir und mir? Ich würde gerne ein ganzes Jahr warten. Doch dann . . .«

Sie kam zu mir und legte mir ihre Hände auf die Schultern, sah zu mir hoch.

»Ich habe dich schon einmal geliebt«, sprach sie, »und mußte dich dann vergessen. Aber ich bin John Carrington das Trauerjahr schuldig − das gehört sich so − oder?«

Ich nickte.

Denn ich wußte, sie war eine Frau, die etwas Zeit brauchte.

Doch dann . . .

ENDE

Band 45 168

G. F. Unger

Colorado

Deutsche
Erstveröffentlichung

Das Unheil für die Kingsley-Familie beginnt, als Jim Kingsley eines Morgens feststellt, daß jemand in der Nacht seinen Zuchthengst gestohlen hat. Obwohl die Kingsley-Ranch mitten im Indianerland liegt und das Land dröhnt vom Klang der Kriegstrommeln, läßt Jim seine Frau und seine beiden kleinen Kinder allein und nimmt die Verfolgung des Pferdediebs auf. Von dieser Stunde an wartet seine Familie vergeblich auf die Heimkehr ihres Ernährers und Beschützers. Jim kommt nicht zurück. An seiner Stelle aber kommt ein anderer: Colorado, der Apachenhäuptling, dem die Weißen Frau und Kinder niedermetzelten und der deshalb allen Weißen den Tod geschworen hat . . .

Sie erhalten diesen Band
im Buchhandel, bei Ihrem
Zeitschriftenhändler sowie
im Bahnhofsbuchhandel.

Band 43 288

G. F. Unger

**Nach Laramie,
Boys!**

Von seinen lebensgefährlichen Verletzungen genesen, bricht Lee Cumberland nach Laramie auf. Er wird sich die Herde wiederholen, die seine treulose Frau und sein verräterischer Freund ihm raubten . . .

Sie erhalten diesen Band im Buchhandel, bei Ihrem Zeitschriftenhändler sowie im Bahnhofsbuchhandel.

Band 42 274
Jack Slade
Lassiter und die braune Maya
Originalausgabe

Lassiter glaubte zu träumen, als er das Wasser auf seinen ausgedörrten Lippen spürte und eine sanfte weibliche Stimme hörte. Irgendwann war er hier zwischen kahlen Felsen und unter der sengenden Sonne des berüchtigten Death Valley zusammengebrochen. Die Flucht vor einer gnadenlosen Meute hatte ihn an den Rand der Erschöpfung getrieben, und er erinnerte sich schwach, daß über ihm schon die hungrigen Geier gekreist waren, bevor ihn die Kraft endgültig verlassen hatte. Was er jetzt dicht vor sich sah, war wie ein Wunder. Eine schlanke, braunhäutige Gestalt in einem winzigen Lendenschurz und mit dem Gesicht eines Engels . . .

Sie erhalten diesen Band
im Buchhandel, bei Ihrem
Zeitschriftenhändler sowie
im Bahnhofsbuchhandel.

Band 13 559
Kathleen O'Neal Gear

Land der Schamanen

Deutsche
Erstveröffentlichung

17. Jahrhundert an den Großen Seen in Nordamerika.
Marc Dupré, ein junger Jesuitenpriester, der in der
Neuen Welt an der Seite des legendären Paters Jean de
Brebeuf das Christentum verbreiten will, verliebt sich in
Andiora, die wunderschöne und geachtete Seherin des
Huronen-Stammes. Doch Andiora hatte eine Vision
von einem blonden Priester, der Tod und Verderben
über ihr Volk bringt. Ist Marc Dupré dieser Mann aus ih-
rem Traum? Andiora ist gefangen zwischen der Angst
um ihr Volk und einer unstillbaren Sehnsucht nach der
Liebe des jungen Priesters . . .

BASTEI LÜBBE